人生的什么和什么

张晓风 著

北京联合出版公司
Beijing United Publishing Co.,Ltd.

人生的什么和什么

张晓风 著

图书在版编目（CIP）数据

人生的什么和什么 / 张晓风著 . —北京：北京联合出版公司,2019.7

ISBN 978-7-5596-2972-2

Ⅰ.①人… Ⅱ.①张… Ⅲ.①散文集－中国－当代 Ⅳ.① I267

中国版本图书馆 CIP 数据核字 (2019) 第 038569 号

本書由臺北九歌出版社有限公司授權出版

责任编辑	**杨芳云**	
特约编辑	**郭　梅**	
产品经理	**高　野**	
封面设计	**蜀　黍**	

出　　版	**北京联合出版公司**	
	北京市西城区德外大街 83 号楼 9 层 100088	
发　　行	**北京联合天畅文化传播公司**	
印　　刷	**天津光之彩印刷有限公司印刷**	
经　　销	**新华书店**	
字　　数	**170 千字**	
开　　本	**880 毫米 × 1230 毫米 1/32 9 印张**	
版　　次	**2019 年 7 月第 1 版　 2019 年 7 月第 1 次印刷**	
I S B N	**978-7-5596-2972-2**	
定　　价	**52.00 元**	

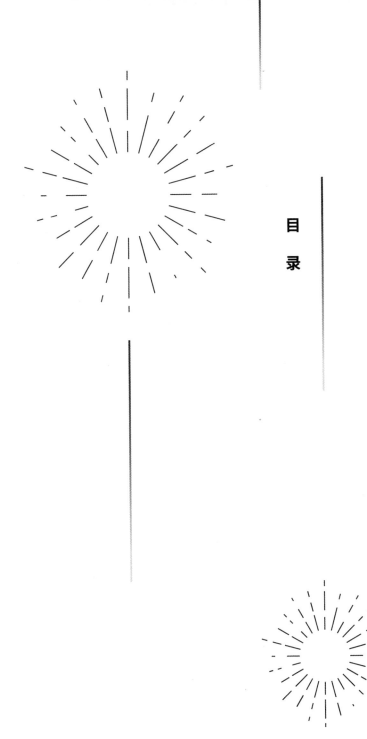

目 录

每个清晨都该恢复为一个『初人』，

每一刻，都要维护住那一片『初心』。

第一乐章　一片初心

对『人』的定义？

对『爱』的定义？

对『生活』的定义？

第二乐章 两三矛盾

这世上没有什么不是一生一世的，

要做英雄，要做学者，要做诗人，要做情人，

所要付出的代价不多不少，

只是一生一世，只是生死以之。

第三乐章　几个答案

我有我的逊顺祥和，
也有我的叛逆凶戾，
我在我无限的求真求美的梦里，
也在我脆弱不堪一击的人性里。

第四乐章　我会念咒

渐渐地，

就有了一种执意地想要守住什么的神气，

半是凶霸，半是温柔，

却不肯退让，不肯商量，

要把生活里细细琐琐的东西一一护好。

第五乐章　种种可爱

每个清晨都该恢复为一个『初人』，

每一刻，都要维护住那一片『初心』。

第一乐章　一片初心

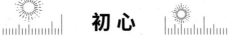

初 心

初哉首基肇祖元胎……

因为书是新的，我翻开来的时候也就特别慎重。书本上的第一页第一行是这样的：

初、哉、首、基、肇、祖、元、胎……始也。

那一年，我十七岁，望着《尔雅》这部书的第一句话而愕然。这书真奇怪啊！把"初"和一堆"初的同义词"并列卷首，仿佛立意要用这一长串"起始"之类的字来作整本书的起始。

也是整个中国文化的起始和基调吧？我有点敬畏起来了。

想起另一部书，《圣经》，也是这样开头的：

起初，上帝创造天地。

真是简明又壮阔的大笔，无一语修饰形容，却是元气淋漓，如洪钟之声，震耳贯心，令人读着读着竟有坐不住的感受，所谓壮志陡生，有天下之志，就是这种心情吧！寥寥数字，天工已竟，令人想见日之初升，海之初浪，高山始突，峡谷乍降以及大地寂然等待小草涌腾出土的刹那！

而那一年，我十七岁，刚入中文系，刚买了这本古代第一部字典《尔雅》，立刻就被第一页第一行迷住了，我有点喜欢起文字学来了。真好，中国人最初的一本字典（想来也是世人的第一本字典），它的第一个字就是"初"。

"初，裁衣之始也。"文字学的书上如此解释。

我又大为惊动，我当时已略有训练，知道每一个中国文字背后都有一幅图画，但这"初"字背后不止一幅画，而是长长的一幅卷轴。想来这是当年造字之人初造"初"字的时候，煞费苦心之余的神来之笔。"初"这件事无形可绘，无状可求，如何才能追踪描摹？

他想起了某个女子的动作，也许是母亲，也许是妻子，那样慎重地先从纺织机上把布取下来，整整齐齐的一匹布，她手握剪刀，当窗而立，她屏息凝神，考虑从哪里下刀，阳光把她微微毛乱的鬓发渲染成一轮光圈。她用神秘而多变的眼光打量着那整匹布，仿佛在主持一项典礼，其实她努力要决定的只不过是究竟该先做一件孩子的小衫好呢？还是先裁自己的一幅裙布？一匹布，一如渐渐沉黑的黄昏，有一整夜的美梦可以预期——当然，也有可能是噩梦，但因为有可能成为噩梦，美梦就更值得去渴望——而在她思来想去的当际，窗外陆陆续续流溢而过的是初春的阳光，是一批一批的风，是雏鸟拿捏不稳的初鸣，是天空上一匹复一匹不知从哪一架纺织机里卷出的浮云……

那女子终于下定决心，一刀剪下去，脸上有一种近乎悲壮的决然。

"初"字，就是这样来的。

人生一世，亦如一匹辛苦织成的布，一刀下去，一切就都裁就了。

整个宇宙的成灭，也可视为一次女子的裁衣啊！我爱上"初"这个字，并且提醒自己每个清晨都该恢复为一个"初人"，每一刻，都要维护住那一片"初心"。

初发芙蓉

《颜延之传》里这样说：

> 延之尝问鲍照己与灵运优劣，照曰："谢五言

如初发芙蓉，自然可爱。君诗若铺锦列绣，亦雕缋
满眼。"

六朝人说的芙蓉便是荷花，鲍照用"初发芙蓉"比谢灵
运，实在令人羡慕，其实"像荷花"不足为奇，能像"初发
芙蓉"才令人神思飞驰。灵运一生独此四字，也就够了。

后来的文学批评也爱沿用这字眼，周济《介存斋论词杂
著》论晚唐韦庄的词便说：

端己词清艳绝伦，初日芙蓉春月柳，使人想见
风度。

中国人没有什么"诗之批评"或"词之批评"，只有"诗
话""词话"，而词话好到如此，其本身已凝聚饱实，且华丽
如一则小令。

清露晨流新桐初引

《世说新语》里有一则故事，说到王恭和王忱原是好友，
以后却因政治上的芥蒂而分手。只是每次遇见良辰美景，王
恭总会想到王忱。面临山石流泉，王忱便恢复为王忱，是一

个精彩的人，是一个可以共享无限清机的老友。

有一次，春日绝早，王恭独自漫步到幽极胜极之处，书上记载说：

于时清露晨流，新桐初引。

那被人爱悦，被人誉为"濯濯如春月柳"的王恭忽然怅怅然冒出一句："王大故自濯濯。"语气里半是生气半是爱惜，翻成白话就是："唉，王大那家伙真没话说——实在是出众！"

不知道为什么，作者在描写这段微妙的人际关系时，把周围环境也一起写进去了。而使我读来怦然心动的也正是那段"于时清露晨流，新桐初引"的附带描述。也许不是什么惊心动魄的大景观，只是一个序幕初启的清晨，只是清晨初初映着阳光闪烁的露水，只是露水装点下的桐树初初抽了芽，遂使得人也变得纯洁灵明起来，甚至强烈地怀想那个有过嫌隙的朋友。

李清照大约也被这光景迷住了，所以她的《念奴娇》里竟把"清露晨流，新桐初引"的句子全搬过去了。一颗露珠，从六朝闪到北宋，一叶新桐，在安静的扉页里晶薄透亮。

我愿我的朋友也在生命中最美好的片刻想起我来，在一切天清地廓之时，在叶嫩花初之际，在霜之始凝，夜之始静，果之初熟，茶之方馨，在船之启碇，鸟之回翼，在婴儿第一次微笑的刹那，想及我。

　　如果想及我的那人不是朋友，而是敌人（如果我有敌人的话），那也好——不，也许更好，嫌隙虽深，对方却仍会想及我，必然因为我极为精彩的缘故。当然，也因为一片初生的桐叶是那么好，好得足以让人有气度去欣赏仇敌。

初雪

诗诗，我的孩子：

如果五月的花香有其源自，如果十二月的星光有其出发的处所，我知道，你便是从那里来的。

这些日子以来，痛苦和欢欣都如此尖锐，我惊奇在它们之间区别竟是这样的少。每当我为你受苦的时候，总觉得那十字架是那样轻省，于是我忽然了解了我对你的爱情，你是早春，把芬芳秘密地带给了园。

在全人类里，我有权利成为第一个爱你的人。他们必须看见你，了解你，认识你而后才决定爱你，但我不需要。你的笑貌在我的梦里翱翔，具体而又真实。我爱你没有什么可夸耀的，事实上没有人能忍得住对孩子的爱情。

你来的时候，我开始成为一个爱思想的人，我从来没有这样深思过生命的意义，这样敬重过生命的价值，我第一次被生命的神圣和庄严感动了。

因着你，我爱了全人类，甚至那些金黄色的雏鸡，甚至那些走起路来摇摆不定的小狗，它们全都让我爱得心疼。

我无可避免地想到战争，想到人类最不可抵御的一种悲剧。我们这一代人像菌类植物一般，生活在战争的阴影里，我们的童年便在拥塞的火车上和颠簸的海船里度过。而你，我能给你怎样的一个时代？我们既不能回到诗一般的十九世纪，也不能隐向神话般的阿尔卑斯山，我们注定生活在这苦难的年代，以及苦难的中国。

孩子，每思及此，我就对你抱歉，人类的愚蠢和卑劣把自己陷在悲惨的命运里。而今，在这充满核子恐怖的地球上，我们有什么给新生的婴儿？不是金锁片，不是香槟酒，而是每人平均相当一百万吨 TNT 的核子威力。孩子，当你用完全信任的眼光看这个世界的时候，你是否看得见那些残忍的武器正悬在你小小的摇篮上？以及你父母亲的大床上？

我生你于这样一个世界，我也许是错了。天知道我们为你安排了一段怎样的旅程。

但是，孩子，我们仍然要你来，我们愿意你和我们一起学习爱人类，并且和人类一起受苦。不久，你将学会为这一切的悲剧而流泪——而我们的世代多么需要这样的泪水和祈祷。

诗诗，我的孩子，有了你我开始变得坚韧而勇敢。我竟然可以面对着冰冷的死亡而无惧于它的毒钩。我正视着生产的苦难而仍觉傲然。为你，孩子，我会去胜过它们。我从没有像现在这样热爱过生命。你教会我这样多成熟的思想和高贵的情操，我为你而献上感谢。

前些日子，我忽然想起《新约》上的那句话："你们虽然没有见过他，却是爱他。"我立刻明白爱是一种怎样独立的感情。当尤加利的梢头掠过更多的北风，当高山的峰巅开始落下第一片初雪的莹白，你便会来到。而在你珊瑚色的四肢还没有开始在这个世界挥舞以前，在你黑玉的瞳仁还没有照耀这个城市之先，你已拥有我们完整的爱情。我们会教导你在孩提以前先了解被爱。诗诗，我们答应你要给你一个快乐的童年。

写到这里，我又模糊地忆起江南那些那么好的春天，而我们总是伏在火车的小窗上，火车绕着山和水而行，日子似乎就那样延续着，我仍记得那满山满谷的野杜鹃！满山满谷又凄凉又美丽的忧愁！

我们是太早懂得忧愁的一代。

而诗诗，你的时代未必就没有忧愁，但我们总会给你一个丰富的童年，在你所居住的屋顶下没有属于这个世界的财富，但有许多的爱，许多的书，许多的理想和梦幻。我们会为你砌一座故事里的玫瑰花床，你便在那柔软的花瓣上游戏和休息。

当你渐渐认识你的父亲，诗诗，你会惊奇于自己的幸运，他诚实而高贵，他亲切而善良。慢慢地你也会发现你的父母相爱得有多么深。经过这样多年，他们的爱仍然像林间的松风，清馨而又新鲜。

诗诗，我的孩子，不要以为这是必然的，这样的幸运不是每一个孩子都有的。这个世界不是每一对父母都相爱的。曾有多少个孩子在黑夜里独泣，在他们还没有正式投入人生的时候，生命的意义便已经否定了。诗诗，诗诗，你不会了解那种幻灭的痛苦，在所有的悲剧之前，那是第一出悲剧。而事实上，整个人类都在相残着，历史并没有教会人类相爱。诗诗，你去教他们相爱吧，像那位诗哲所说的：

他们残暴地贪婪着，嫉妒着，他们的言辞有如隐藏的刀锋正渴于饮血。

去，我的孩子，去站在他们不欢之心的中间，让你温和的眼睛落在他们身上，有如黄昏的柔霭淹没那日间的争扰。

让他们看你的脸，我的孩子，因而知道一切事物的意义，让他们爱你，因而彼此相爱。

诗诗，有一天你会明白，上苍不会容许你吝守着你所继承的爱。诗诗，爱是蕾，它必须绽放。它必须在疼痛的破拆中献出芳香。

诗诗，你也教导我们学习更多更高的爱。记得前几天，一则药商的广告使我惊骇不已，那广告是这样说的："孩子，不该比别人的衰弱。下一代的健康关系着我们的面子。要是孩子长得比别人的健康、美丽、快乐，该多好多荣耀啊。"诗诗，人性的卑劣使我不禁齿冷。诗诗，我爱你，我答应你，永不在我对你的爱里掺入不纯洁的成分。你就是你，你永不会被我们拿来和别人比较，你不需要为满足父母的虚荣心而痛苦。你在我们眼中永远杰出，你可以贫穷，可以失败，甚至可以潦倒。诗诗，如果我们骄傲，是为你本身而骄傲，不是为你的健康美丽或者聪明。你是人，不是我们培养的灌木，我们决不会把你修剪成某种形态来使别人称赞我们的园艺天才。你可以照你的倾向生长，你选择什么样式，我们都会喜欢——或者学习着去喜欢。

我们会竭力地去了解你，我们会慎重地俯下身去听你述说一个孩童的秘密愿望，我们会带着同情与谅解帮助你度过忧闷的少年时期。而当你成年，诗诗，我们仍愿分担你的哀伤，人生总有那么些悲怆和无奈的事，诗诗，如果在未来的日子里你感觉孤单，请记住你的母亲，我们的生命曾一度相系，我会努力使这种系联持续到永恒。我再说，诗诗，我们会试着了解你，以及属于你的时代。我们会信任你——上帝从未赐下坏的婴孩。

我们会为你祈祷，孩子，我们不知道那些古老而太平的岁月会在什么时候重现。那种好日子终我们一生也许都看不见了。

如果这种承平永远不会再重现，那么，诗诗，那也是无可抗拒无可挽回的事。我只有祝福你的心灵，能在苦难的岁月里有内在的宁静。

常常记得，诗诗，你不单是我们的孩子，你也属于山，属于海，属于五月里无云的天空——而这一切，将永远是人类欢乐的主题。

你即将长大，孩子，每一次当你轻轻地颤动，爱情便在我的心里急速涨潮。你是小芽，蕴藏在我最深的深心里，如同音乐蕴藏在长长的萧笛中。

前些日子，有人告诉我一则美丽的日本故事。说到每年冬天，当初雪落下的那一天，人们便坐在庭院里，穆然无言地凝望那一片片轻柔的白色。

那是一种怎样虔敬动人的景象！那时候，我就想到你，诗诗，你就是我们生命中的初雪，纯洁而高贵，深深地撼动着我。那些对生命的惊服和热爱，常使我在静穆中有哭泣的冲动。

诗诗，给我们的大地一些美丽的白色。诗诗，我们的初雪。

错 误

——中国故事常见的开端

在中国，错误不见得是一件坏事，诗人愁予有首诗，题目就叫《错误》，末段那句"我达达的马蹄是美丽的错误"四十年来像一枝名笛，不知被多少嘴唇呜然吹响。

《三国志》里记载周瑜雅擅音律，即使酒后也仍然轻易可以辨出乐工的错误。当时民间有首歌谣唱道："曲有误，周郎顾。"后世诗人多事，故意翻写了两句："欲得周郎顾，时时误拂弦。"真是无限机趣，描述弹琴的女孩贪看周郎的眉目，故意多弹错几个音，害他频频回首，风流俊赏的周郎哪里料到自己竟中了弹琴素手甜蜜的机关。

在中国，故事里的错误也仿佛是那弹琴女子在略施巧计，是善意而美丽的——想想如果不错它几个音，又焉能赚得你的回眸呢？错误，对中国故事而言有时几乎成为必须了。如果你看到《花田错》《风筝误》或《误入桃源》这样的戏目不要觉得古怪，如果不错它一错，哪来的故事呢！

有位德国戏剧家布莱希特写过一出《高加索灰阑记》，不但取了中国故事做蓝本，学了中国京剧表演方式，到最后，连那判案的法官也十分中国化了。他故意把两起案子误判，反而救了两造婚姻，真是彻底中式的误打误撞，而自成佳境。

身为一个中国读者或观众，虽然不免训练有素，但在说书人的梨花简嗒然一声敲响或书页已尽正准备掩卷叹息的时候，不免悠悠想起，咦？怎么又来了，怎么一切的情节，都分明从一点点小错误开始？

我们先来说《红楼梦》吧，女娲炼石补天，偏偏炼了三万六千五百零一块。本来三万六千五百是个完整的数目，非常精准正确，可以刚刚补好残天。女娲既是神明，她心里其实是雪亮的，但她存心要让一向正确的自己错它一次，要把一向精明的手段错它一点。"正确"，只应是对工作的要求，"错误"，才是她乐于留给自己的一道难题，她要看看那块多余的石头，究竟会怎么样往返人世，出入虚实，并且历经情劫。

就是这一点点的谬错，于是大荒山无稽崖青埂峰下，便有了一块顽石，而由于有了这块顽石，又牵出了日后的通灵宝玉。

整一部《红楼梦》，原来恰恰只是数学上三万六千五百分之一的差误而滑移出来的轨迹，并且逐步演化出一串荒唐幽渺的情节。世上的错误往往不美丽，而美丽又每每不错误，唯独运气好碰上"美丽的错误"才可以生发出歌哭交感的故事。

《水浒传》楔子里的铸错则和希腊神话"潘朵拉的盒子"有些类似，都是禁不住好奇，去窥探人类不该追究的奥秘。

但相较之下，洪太尉"揭封"又比潘朵拉"开盒子"复杂得多。他走完了三清堂的右廊尽头，发现了一座奇特神秘的建筑：门缝上交叉贴着十几道封纸，上面高悬着"伏魔之殿"四个字，据说从唐朝以来八九代天师每一代都亲自再贴一层封条，锁孔里还灌了铜汁。洪太尉禁不住引诱，竟打烂了锁，撕了封条，踢倒大门，撞进去掘起石碣，搬走石龟，最后又扛起一丈见方的大青石板，这才看到下面原来是万丈深渊。刹那间，黑烟上腾，散成金光，激射而出。仅此一念之差，他放走了三十六座天罡星和七十二座地煞星，合共一百零八个魔王……

《水浒传》里一百零八个好汉便是这样来的。

那一番莽撞，不意冥冥中竟也暗合天道，早在天师的掐指计算中——中国故事至终总会在混乱无序里找到秩序。这一百零八个好汉毕竟曾使荒凉的年代有一腔热血，给邪曲的世道一副直心肠。中国的历史当然不该少了尧舜孔孟，但如果不是洪太尉伏魔殿那一搅和，我们就要失掉夜奔的林冲或醉打出山门的鲁智深，想来那也是怪可惜的呢！

洪太尉的胡闹恰似顽童推倒供桌，把袅袅烟雾中的时鲜瓜果散落一地，遂令天界的清供化成人间童子的零食。两相比照，我倒宁可看到洪太尉触犯天机，因为没有错误就没有故事——而没有故事的人生可怎么忍受呢？

一部《镜花缘》又是怎么样的来由？说来也是因为百花仙子犯了一点小小的行政上的错误，因此便有了众位花仙贬入凡尘的情节。犯了错，并且以长长的一生去截补，这其实也正是大部分的人间故事吧！

也许由于是农业社会，我们的故事里充满了对四时以及对风霜雨露的时序的尊重。《西游记》里的那条老龙王为了跟人打赌，故意把下雨的时间延后两小时，把雨量减少三寸零八点，其结果竟是惨遭斩头。不过，龙王是男性，追究起责任来动用的是刑法，未免无情。说起来女性仙子的命运好多了，中国仙界的女权向来相当高涨，除了王母娘娘是仙界的铁娘子以外，众女仙也各司要职。像"百花仙子"，担任的便是最美丽的任务。后来因为访友下棋未归，下达命令的系统弄乱了，众花在雪夜奉人间女皇帝之命提前齐开。这一番"美丽的错误"引致一种中国仙界颇为流行的惩罚方式——贬入凡尘。这种做了人的仙即所谓"谪仙"（李白就曾被人怀疑是这种身份）。好在她们的刑罚与龙王大不相同，否则如果也杀砍百花之头，一片红紫狼藉，岂不伤心！

百花既入凡尘，一个个身世当然不同，她们佻侻美丽，不苟流俗，各自跨步走向属于她们自己的那一番人世历程。

这一段美丽的错误和美丽的罚法都好得令人艳羡称奇!

从比较文学的观点看来,有人以为中国故事里往往缺少叛逆英雄。像宙斯,那样弑父自立的神明,像雅典娜,必须拿斧头砍开父亲脑袋自己才跳得出来的女神,在中国是不作兴有的。就算捣蛋精的哪吒太子,一旦与父亲冲突,也万不敢"叛逆",他只能"剔骨剜肉"以还父母罢了。中国的故事总是从一件小小的错误开端,诸如多炼了一块石头,失手打了一件琉璃盏,太早揭开坛子上有法力的封口。(关公因此早产,并且终生有一张胎儿似的红脸。)不是叛逆,是可以谅解的小过小犯,是失手,是大意,是一时兴起或一时失察。"叛逆"太强烈,那不是中国方式。中国故事只有"错",而"错"这个字既是"错误"之错也是"交错"之错,交错不是什么严重的事,只是两人或两事交互的作用——在人与人的盘根错节间就算是错也不怎么样。像百花之仙,待历经尘劫回来,依旧是仙,仍旧冰清玉洁馥馥郁郁,仍然像掌理军机令一样准确地依时开花。就算在受刑期间,那也是一场美丽的受罚,她们是人间女儿,兰心蕙质,生当大唐盛世,个个"纵其才而横其艳",直令千古以下,回首乍望的我忍不住意飞神驰。

年轻,有许多好处,其中最足以傲视人者莫过于"有本钱去错"。年轻人犯错,你总得担待他三分——

有一次,我给学生订了作业,要他们每人念几十首诗,录在录音带上缴来。有的学生念得极好，有的又念又唱，极为精彩，有的却有口无心。苏东坡的"一年好景君须记，正是橙黄橘绿时"，不知怎么回事，有好几个学生念成"一年好景须君记"，我听了，一面摇头莞尔，一面觉得也罢，苏东坡大约也不会太生气。本来的句子是"请你要记得这些好景致"，现在变成了"好景致得要你这种人来记"，这种错法反而更见朋友之间相知相重之情了。好景年年有，但是，得要有好人物来记才行呀！你，就是那可以去记住天地岁华美好面的我的朋友啊！

有时候念错的诗也自有天机欲泄，也自有密码可索，只要你有一颗肯接纳的心。

在中国，那些小小的差误，那些无心的过失，都有如偏离大道以后的岔路。岔路亦自有其可观的风景，"曲径"似乎反而理直气壮地可以"通幽"。错有错着，生命和人世在其严厉的大制约和惨烈的大叛逆之外也何妨采中国式的小差错、小谬误或小小的不精确。让岔路可以是另一条大路的起点，容错误是中国式故事里急转直下的美丽情节。

炎凉

　　我有一张竹席，每到五六月，天气渐趋暖和，暑气隐隐待作，我就把它找出来，用清茶的茶叶渣拭净了，铺在床上。

　　一年里面第一次使用竹席的感觉极好，人躺下去，如同躺在春水湖中的一叶小筏子上。清凉一波波来拍你入梦，竹席恍惚仍饱含着未褪尽的竹叶清香。

　　生命中的好东西往往如此，极便宜又极耐用。我可以因一张席而爱一张床，因一张床而爱一栋屋子，因一栋屋子爱上一座城……

　　整个初夏，肌肤因贴近那清凉的卷云而舒展自如。触觉之美有如闻高士说法，凉意沦肌浃髓而来。古人形容喻道之透辟，谓一时如天女散花。天女散花是由上而下，轻轻撒落——花瓣触人，没有重量，只有感觉。但人生某些体悟却是由下而上，仿佛有仙云来轻轻相托，令人飘然升浮。凉凉的竹席便有此功。一领清簟可以把人沉淀下来，静定下来，像空气中热腾腾的水雾忽然凝结在碧沁沁的一茎草尖而终于成为露珠。人在席上，也是如此。阿拉伯人牧羊，他们故事里的羊毛毯是可以飞的。中国人种地，对植物比较亲切。中国人用植物编的席子不飞——中国人想，飞了干吗呀？好好地躺在席子上不比飞还舒服吗？中国圣贤叫人拯救人民，其过程也无非是由"出民水火"到"登民衽席"。总之，世界上最好的事莫过于把自己或别人放在席子上了。初夏季节的我便如此心满意足地躺在我的竹席上。

可惜好景不长，到了七八月盛夏，情形就不一样了。刚躺下去还好，多躺一会儿，席子本身竟然也变热了。凉席会变热，天哪，这真是人间惨事。为了环保，我睡觉不用冷气，于是只好静静地和热浪僵持对抗。我反复对自己说："不热，不算太热，我还可以忍受，这也没什么大不了，哼，谁怕谁啊……"念着念着，也就睡着了。

然后，便到了九月，九月初席子又恢复了清凉。躺在席上，整个人摊开，霎时变成了片状，像一块金子捶成薄薄的金箔，我贪享那秋霜零落的错觉。

九月中，每每在一场冷雨之后，半夜乍然惊醒，是被背上的沁凉叫醒的——唉，这凉席明天该收了。我在黑暗中揣想，竹席如果有知，也会厌苦不已吧？七月嫌它热，九月又嫌它凉，人类也真难伺候。

想来一生或者也如此，曾经嫌日程排得太紧，曾经怨事情做不完，曾经烦稿约、演讲约不断，曾经大叹小孩子缠磨人……可是，也许，有一天，一切热过的都将乍然冷却下来，令人不觉打起寒战。

　　不过，也只好这样吧！让席子在该铺开的时候铺开，在该收卷的时候收卷。炎凉，本来就半点由不得人的。

描 容

二

有一次，和朋友约好了搭早晨七点的车去太鲁阁公园管理处，不料闹钟失灵，醒来时已经七点了。

我跳起来，改去搭飞机，及时赶到。管理处派人来接，但来人并不认识我，于是先到的朋友便七嘴八舌地把我形容一番：

"她信基督教。"

"她是写散文的。"

"她看起来好像不紧张，其实，才紧张呢！"

形容完了，几个朋友自己也相顾失笑，这么一堆抽象的说词，叫那年轻人如何在人堆里把要接的人辨认出来？

事后，他们说给我听，我也笑了，一面佯怒，说："哼，朋友一场，你们竟连我是什么样子也说不出来，太可恶了。"

转念一想，却也有几分惆怅——其实，不怪他们，叫我自己来形容我自己，我也一样不知从何说起。

二

有一年，带着稚龄的小儿小女全家去日本，天气正由盛夏转秋，人到富士山腰，租了匹漂亮的栗色大马去行山径。低枝拂额，山鸟上下，"随身听"里播着新买来的"三弦"古乐。抿一口山村自酿的葡萄酒，淡淡的红，淡淡的芬芳……蹄声嘚嘚，旅途比预期的还要完美……

然而，我在一座山寺前停了下来，那里贴着一张大大的告示，由不得人不看。告示上有一幅男子的照片，奇怪的是那日文告示，我竟也大致看明白了。它的内容是说，两个月前有个六十岁的男子登山失踪了，他身上靠腹部地方因为动过手术，有条十五厘米长的疤口，如果有人发现这位男子，请通知警方。

叫人用腹部的疤来辨认失踪的人，当然是假定他已是尸体了。否则凭名字相认不就可以了吗？

寺前痴立，我忽觉大恸，这座外形安详的富士山于我是闲来的行脚处，于这男子却是残酷的埋骨之地啊！时乎，命乎，叫人怎么说呢？

而真正令我悲伤的是，人生至此，在特征栏里竟只剩下那么简单赤裸的几个字："腹上有十五厘米长的疤痕"！原来人一旦撒手了，所有人间的形容词都顿然失效，所有的学历、经验、头衔、土地、股票持份或功勋伟迹全都不相干了，真正属于此身的特点竟可能只是一记疤痕或半枚蛀牙。

山上的阳光淡寂，火山地带特有的黑土踏上去松软柔和，而我意识到山的险巇。每一转折都自成祸福，每一岔路皆隐含杀机。如我一旦失足，则寻人告示上对我的形容词便没有一句会和我平生努力以博得的成就有关了。

我站在寺前，站在我从不认识的山难者的寻人告示前，黯然落泪。

三

所有的"我"，其实不都是一个名词吗？可是我们是复杂而又啰苏的人类，我们发明了形容词——只是我们在形容自己的时候却又忽然词穷。一个完完整整的人，岂是能用三言两语胡乱描绘的？

对我而言，做小人物并没什么不甘，却有一项悲哀，就是要不断地填表格，不断把自己纳入一张奇怪的方方正正的小纸片。你必须不厌其烦地告诉人家你是哪年生的，生在哪里，生日是哪一天（奇怪，我为什么要告诉他我的生日呢，他又不送我生日礼物），家在哪里，学历是什么，身份证号码几号，护照号码几号，几月几日在哪里签发的，公保证号码几号。好在我颇有先见之明，从第一天起就把身份证和护照号码等一概背得烂熟，以便有人要我填表时可以不经思索熟极而流。

然而，我一面填表，一面不免想"我"在哪里啊？我怎会在那张小小的表格里呢？我填的全是些不相干的资料啊！资料加起来的总和并不是我啊！

尤其离奇的是那些大张的表格，它居然要求你写自己的特长，写自己的语文能力，自己的缺点……奇怪，这种表格有什么用呢？你把它发给梁实秋，搞不好，他谦虚起来，硬是只肯承认自己"粗通"英文，你又如何？你把它发给甲级流氓，难道他就承认自己的缺点是"爱杀人"吗？

我填这些形容自己的资料也总觉不放心。记得有一次填完"缺点"以后，我干脆又慎重地加上一段："我填的这些缺点其实只是我自己知道的缺点，但既然是知道的缺点，其实就不算是严重的缺点。我真正的缺点一定是我不知道或不肯承认的。所以，严格地说，我其实并没有能力写出我的缺点来。"

对我来说，最美丽的理想社会大概就是不必填表的社会吧！那样的社会，你一个人在街上走，对面来了一位路人，他拦住你，说："咦？你不是王家老三吗？你前天才过完三十九岁生日是吧？我当然记得你生日，那是元宵节前一天嘛！你爸爸还好吗？他小时顽皮，跌过一次腿，后来接好了，现在阴天犯不犯痛？不疼？啊，那就好。你妹妹嫁得好吧？她那丈夫从小就不爱说话，你妹妹叽叽呱呱的，配他也是老天爷安排好的。她耳朵上那个耳洞没什么吧？她生出来才一个月，有一天哭个不停，你嫌烦，找了根针就去给她扎耳洞，大人发现了，吓死了，要打你，你说因为听说女人扎了耳洞挂了耳环就可以出嫁了，她哭得人烦，你想把她快快扎了耳洞嫁掉算了！你说我怎么知道这些事，怎么不知道？这村子上谁家的事我不知道啊？……"

那样的社会，人人都知道别家墙角有几株海棠，人人都熟悉对方院子里有几只母鸡，表格里的那一堆资料要它何用？

其实小人物填表固然可悲，大人物恐怕也不免此悲吧？一个刘彻，他的一生写上十部奇情小说也绰绰有余。但人一死，依照谥法，也只落一个汉武帝的"武"字，听起来，像是这人只会打仗似的。谥法用字历代虽不太同，但都是好字眼，像那个会说出"何不食肉糜？"的皇帝，死后也混到个"惠帝"的谥号。反正只要做了皇帝，便非"仁"即"圣"，非"文"即"武"，非"睿"即"神"……做皇帝做到这样，又有什么意思呢？长长的一生，最后只剩下一个字，冥冥中仿佛有一排小小的资料夹，把汉武帝跟梁武帝放在一个夹子里，把唐高宗和清高宗做成编类相同的资料卡。

悲伤啊，所有的"我"本来都是"我"，而别人却急着把你编号归类——就算是皇帝，也无非放进镂金刻玉的资料夹里去归类吧！

相较之下，那惹人訾议的武则天女皇就佻㒓多了。她临死之时嘱人留下"无字碑"。以她当时身为母后的身份而言，还会没有当朝文人来诔墓吗？但她放弃了。年轻时，她用过一个名字来形容自己，那是"曌"（读作"照"），是太阳、月亮和晴空。但年老时，她不再需要任何名词，更不需要形容词。她只要简简单单地死去，像秋来喑哑萎落的一只夏蝉，不需要半句赘词来送终。她赢了，因为不在乎。

四

而茫茫大荒，漠漠今古，众生平凡的面目里，谁是我，我又复是谁呢？我们却是在乎的。

明传奇《牡丹亭》里有个杜丽娘，在她自知不久于人世之际，一意挣扎而起，对着镜子把自己描绘下来，这才安心去死。死不足惧，只要能留下一副真容，也就扳回一点胜利。故事演到后面，她复活了，从画里也从坟墓里走了出来，作者似乎相信，真切地自我描容，是令逝者能永存的唯一手法。

米开朗基罗走了，但我们从圣母垂眉的悲悯中重见五百年前大师的哀伤。而整套完整的儒家思想，若不是以仲尼站在大川上的那一声"逝者如斯夫！不舍昼夜"的长叹作底调，就显得太平板僵直，如道德教条了。一声轻轻的叹息，使我们惊识圣者的华颜。那企图把人间万事都说得头头是道的仲尼，一旦面对巨大而模糊的"时间"对手，也有他不知所措的悸动！那声叹息于我有如两千五百年前的录音带，至今音纹清晰，声声入耳。

艺术和文学，从某一个角度看，也正是一个人对自己的描容吧？而描容者是既喜悦又悲伤的，他像一个孩子，有点"人来疯"，他急着说："你看，你看，这就是我，万古宇宙，就只有这么一个我啊！"

然而，诗人常是寂寞的——因为人世太忙，谁会停下来听你说"我"呢？

马来西亚有个古旧的小城马六甲，我在那城里转来转去，为五百年来中国人走过的脚步惊喜叹服。正午的时候，我来到一座小庙。

然而，我不见神明。

"这里供奉什么神？"

"你自己看。"带我去的人笑而不答。

小巧明亮的正堂里，四面都是明镜，我瞻顾，却只见我自己。

"这庙不设神明——你想来找神，你只能找到自身。"

只有一个自身，只有一个一空依傍的自我，没有莲花座，没有祥云，只有一双踏遍红尘的鞋子，载着一个长途役役的旅人走来，继续向大地叩问人间的路径。

好的文学艺术也恰如这古城小庙吧？香客在环顾时，赫然于镜鉴中发现自己，见到自己的青青眉峰，盈盈水眸，见到如周天运行生生不已的小宇宙——那个"我"。

某甲在画肆中购得一幅大大的弥天盖地的"泼墨山水"，某乙则买到一张小小的意态自足的"梅竹双清"，问者问某甲说："你买了一幅山水吗？"某甲说："不是，我买的是我胸中的丘壑。"问者转问某乙："你买了一幅梅竹吗？"某乙回答说："不然，我买的是我胸中的逸气。"描容者可以描摹自我的眉目，肯买货的人却只因看见自家的容颜。

他曾经幼小

我们所以不能去爱大部分的人，是因为我们不曾见过他们幼小的时候。

如果这世上还有人对你说："啊！我记得你小时候，胖胖的，走不稳……"

你是幸福的，因为有人知道你幼小时期的容颜。

任何大豪杰或大枭雄，一旦听人说"那时候，你还小，有一天，正拿着一个风筝……"也不免一时心肠塌软下来，怯怯地回头去望，望来路上多年前那个痴小的孩子。那孩子两眼亮晶晶，正天不怕、地不怕地嬉笑而来，吆喝而去。

我总是尽量从成年人的言谈里去捕捉他幼小时期的形象，原来那样垂老无趣、口涎垂胸的人，竟也一度曾经是为人爱宠为人疼惜的幼小者。

如果我曾经爱过一些人，我也总是竭力去想象去拼凑那人的幼年。或在烧红半天的北方战火，或在江南三月的桃红，或在台湾南部小小的客家聚落，或在云南荒山的仄逼小径，我看见那人开章明义的含苞期。

　　是的，如果凡人如我也算是爱过众生中的一些成年人，那是因为那人曾经幼小，曾经是某一个慈怀中生死难舍的命根。

　　至于反过来如果你问我为何爱广场上素昧平生的嬉戏孩童，我会告诉你，因为我爱那孩童前面隐隐的风霜，爱他站在生命沙滩的浅处，正揭衣欲渡的喧嚷热闹，以及闪烁在他眉睫间的一个呼之欲出的成年。

母亲的羽衣

讲完了牛郎织女的故事，细看儿子已经垂睫睡去，女儿却犹自瞪着坏坏的眼睛。

忽然，她一把抱紧我的脖子把我赘得发疼："妈妈，你说，你是不是仙女变的？"

我一时愣住，只胡乱应道："你说呢？"

"你说，你说，你一定要说。"她固执地扳住我不放，"你到底是不是仙女变的？"

我是不是仙女变的？——哪一个母亲不是仙女变的？

像故事中的小织女，每一个女孩都曾住在星河之畔，她们织虹纺霓，藏云捉月，她们几曾烦心挂虑？她们是天神最偏怜的小女儿，她们终日临水自照，惊讶于自己美丽的羽衣和美丽的肌肤，她们久久凝注着自己的青春，被那份光华弄得痴然如醉。

而有一天，她的羽衣不见了，她换上了人间的粗布——她已经决定做一个母亲。有人说她的羽衣被锁在箱子里，她再也不能飞翔了，人们还说，是她丈夫锁上的，钥匙藏在极秘密的地方。

可是，所有的母亲都明白那仙女根本就知道箱子在哪里，她也知道藏钥匙的所在。在某个无人的时候，她甚至会惆怅地开启箱子，用忧伤的目光抚摩那些柔软的羽毛。她知道，只要羽衣一着身，她就会重新回到云端，可是她把柔软白亮的羽毛拍了又拍，仍然无声无息地关上箱子，藏好钥匙。

是她自己锁住那身昔日的羽衣的。

她不能飞了，因为她已不忍飞去。

而狡黠的小女儿总是偷窥到那藏在母亲眼中的秘密。

许多年前，那时我自己还是一个小女孩，我总是惊奇地窥伺着母亲。

她在口琴背上刻了小小的两个字——"静鸥"，那里面有什么故事吗？那不是母亲的名字，却是母亲名字的谐音，她也曾梦想过自己是一只静栖的海鸥吗？她不怎么会吹口琴，我甚至想不起她吹过什么好听的歌，但那名字对我而言是母亲神秘的羽衣，她轻轻写那两个字的时候，她可以立刻变了一个人，她在那名字里是另外一个我所不认识的有翅的什么。

母亲晒箱子的时候是她另外一种异常的时刻，母亲似乎有好些东西，完全不是拿来用的，只为放在箱底，按时年年在三伏天取出来曝晒。

记忆中母亲晒箱子的时候就是我兴奋欲狂的时候。

母亲晒些什么？我已不记得，记得的是樟木箱又深又沉，像一个混沌黝黑初生的宇宙，另外还记得的是阳光下竹竿上富丽夺人的颜色，以及怪异却又严肃的樟脑味，以及我在母亲喝禁声中东摸摸西探探的快乐。

我唯一真正记得的一件东西是幅漂亮的湘绣被面，雪白的缎子上，绣着兔子和翠绿的小白菜，以及红艳欲滴的小杨花萝卜，全幅上还绣了许多别的令人惊讶赞叹的东西。母亲一面整理，一面会忽然回过头来说："别碰，别碰，等你结婚就送给你。"

我小的时候好想结婚，当然也有点害怕，不知为什么，仿佛所有的好东西都是等结了婚就自然是我的了，我觉得一下子有那么多好东西也是怪可怕的事。

那幅湘绣后来好像不知怎么就消失了，我也没有细问。对我而言，那么美丽得不近真实的东西，一旦消失，是一件合理得不能再合理的事。譬如初春的桃花，深秋的枫红，在我看来都是美丽得违了规的东西，是茫茫大化一时的错误，才胡乱把那么多的美堆到一种东西上去，桃花理该一夜消失的，不然岂不教世人都疯了？

湘绣的消失对我而言简直就是复归大化了。

但不能忘记的是母亲打开箱子时那份欣悦自足的表情，她慢慢地看着那幅湘绣，那时我觉得她忽然不属于周遭的世界，那时候她会忘记晚饭，忘记我扎辫子的红绒绳。她的姿势细想起来，实在是仙女依恋地轻抚着羽衣的姿势，那里有一个前世的记忆，她又快乐又悲哀地将之一一拾起，但是她也知道，她再也不会去拾起往昔了——唯其不会重拾，所以回顾的一刹那更特别地深情凝重。

除了晒箱子，母亲最爱回顾的是早逝的外公对她的宠爱。有时她胃痛，卧在床上，要我把头枕在她的胃上，她慢慢地说起外公。外公似乎很舍得花钱（当然也因为有钱），总是带她上街去吃点心，她总是告诉我当年的肴肉和汤包怎么好吃，甚至煎得两面黄的炒面和女生宿舍里早晨订的冰糖豆浆（母亲总是强调"冰糖"豆浆，因为那是比"砂糖"豆浆更为高贵的），都是超乎我想象力之外的美味。我每听她说那些事的时候，都惊讶万分——我无论如何不能把那些事和母亲联想在一起。从我有记忆起，母亲就是一个吃剩菜的角色，红烧肉和新炒的蔬菜简直就是理所当然地放在父亲面前的，她自己的面前永远是一盘杂拼的剩菜和一碗"擦锅饭"（擦锅饭就是把剩饭在炒完菜的锅中一炒，把锅中的菜汁擦干净了的那种饭），我简直想不出她不吃剩菜的时候是什么样子。

而母亲口里的外公、上海、南京、汤包、肴肉全是仙境里的东西，母亲每讲起那些事，总有无限的温柔，她既不感伤，也不怨叹，只是那样平静地说着。她并不要把那个世界拉回来，我一直都知道这一点，我很安心，我知道下顿饭她仍然会坐在老地方，吃那盘我们大家都不爱吃的剩菜。而到夜晚，她会照例一个门一个窗地去检点去上闩。她一直都负责把自己牢锁在这个家里。

哪一个母亲不曾是穿着羽衣的仙女呢？只是她藏好了那件衣服，然后用最黯淡的一件粗布把自己掩藏了，我们有时以为她一直就是那样的。

而此刻，那刚听完故事的小女儿鬼鬼地在窥伺着什么？

她那么小，她何以得知？她是看多了卡通，听多了故事吧？她也发现了什么吗？

是在我的集邮本偶然被儿子翻出来的那一刹那吗？是在我拣出石涛画册或汉碑并一页页细味的那一刻吗？是在我猛然回首听他们弹一阕熟悉的钢琴练习曲的时候吗？抑是在我带他们走过年年的春光，不自主地驻足在杜鹃花旁或流苏树下的一瞬间吗？

或是在我动容地托住父亲的勋章或童年珍藏的北平画片的时候，或是在我翻拣夹在大字典里的干叶之际，或是在我轻声地教他们背一首唐诗的时候……

是有什么语言自我眼中流出呢？是有什么音乐自我腕底泻过吗？为什么那小女孩会问道："妈妈，你是不是仙女变的呀？"

我不是一个和千万母亲一样安分的母亲吗？我不是把属于女孩的羽衣收折得极为秘密吗？我在什么时候泄露了自己呢？

在我的书桌底下放着一个被人弃置的木质砧板，我一直想把它挂起来当一幅画，那真该是一幅庄严的画，那样承受过万万千千生活的刀痕和凿印的，但不知为什么，我一直也没有把它挂出来……

天下的母亲不都是那样平凡不起眼的一块砧板吗？不都是那样柔顺地接纳了无数尖锐的割伤却默无一语的砧板吗？

而那小女孩，是凭什么神秘的直觉，竟然会问我："妈妈，你到底是不是仙女变的？"

我掰开她的小手，救出我被吊得酸麻的脖子，我想对她说："是的，妈妈曾经是一个仙女，在她做小女孩的时候，但现在，她不是了，你才是，你才是一个小小的仙女！"

但我凝注着她晶亮的眼睛，只简单地说了一句："不是，妈妈不是仙女，你快睡觉。"

"真的？"

"真的！"

她听话地闭上了眼睛，旋又不放心地睁开："如果你是仙女，也要教我仙法哦！"

我笑而不答，替她把被子掖好，她兴奋地转动着眼珠，不知在想什么。

然后，她睡着了。

故事中的仙女既然找回了羽衣，大约也回到云间去睡了。

风睡了，鸟睡了，连夜也睡了。

我守在两张小床之间，久久凝视着他们的睡容。

只因为年轻啊

爱——恨

小说课上，正讲着小说，我停下来发问："爱的反面是什么！"

"恨！"

大约因为对答案很有把握，他们回答得很快而且大声，神情明亮愉悦，此刻如果教室外面走过一个不懂中国话的老外，随他猜一百次也猜不出他们唱歌般快乐的声音竟在说一个"恨"字。

我环顾教室，心里浩叹，只因为年轻啊，只因为太年轻啊。我放下书，说："这样说吧，譬如说你现在正谈恋爱，然后呢？就分手了。过了五十年，你七十岁了，有一天，黄昏

散步，冤家路窄，你们又碰到一起了，这时候，对方定定地看着你，说：'×××，我恨你！'

"如果情节是这样的，那么，你应该庆幸，居然被别人痛恨了半个世纪，恨也是一种很容易疲倦的情感，要有人恨你五十年也不简单，怕就怕在当时你走过去说：'×××，还认得我吗？'对方愣愣地呆望着你说：'啊，有点面熟，你贵姓？'"

全班学生都笑起来，大概想象中那场面太滑稽、太尴尬吧？

"所以说，爱的反面不是恨，是漠然。"

笑罢的学生能听得进结论吗？——只因太年轻啊，爱和恨是那么容易说得清楚的一个字吗？

受创

来采访的学生在客厅沙发上坐成一排，其中一个发问道："读你的作品，发现你的情感很细致，并且总是在关怀，但是关怀就容易受伤，对不对？那怎么办呢？"

我看了她一眼，多年轻的额，多年轻的颊啊！有些问题，如果要问，就该去问岁月，问我，我能回答什么呢？但她的明眸定定地望着我，我忽然笑了起来，几乎有点促狭的口气："受伤，这种事是有的——但是你要保持一个完完整整不受伤的自己做什么用呢？你非要把你自己保卫得好好的不可吗？”

她惊讶地望着我，一时也答不上话。

人生世上，一颗心从擦伤、灼伤、冻伤、撞伤、压伤、扭伤，乃至到内伤，哪能一点伤害都不受呢？如果关怀和爱就必须包括受伤，那么就不要完整，只要撕裂。基督不同于世人的，岂不正在那双钉痕宛在的受伤手掌吗？

小女孩啊，只因年轻，只因一身光灿晶润的肌肤太完整，你就舍不得碰撞，就害怕受创吗？！

经济学的旁听生

“什么是经济学呢？”他站在台上，戴眼镜，灰西装，声音平静，典型的中年学者。

台下坐的是大学一年级的学生，而我，是置身在这二百人大教室里偷偷旁听的一个。

从一开学我就昂奋起来，因为在课表上看见要开一门“社会科学概论”的课程，包括四位教授来设“政治”“法律”“经济”“人类学”四个讲座。想起可以重新做学生，去听一门门对我而言崭新的知识，那份喜悦真是掩不住藏不严，一个人坐在研究室里都忍不住要轻轻地笑起来。

“经济学就是把‘有限的资源’做‘最适当的安排’，以得到‘最好的效果’。"

台下的学生沙沙地抄着笔记。

"经济学为什么发生呢？因为资源‘稀少’，不单物质‘稀少’，时间也‘稀少’——而‘稀少’又是为什么？因为，相对于‘欲望’，一切就显得‘稀少’了……"

原来是想在四门课里跳过经济学不听的，因为觉得讨论物质的东西大概无甚可观，没想到一走进教室来竟听到这一番解释。

"你以为什么是经济学呢？一个学生要考试，时间不够了，书该怎么念，这就叫经济学啊！"

我愣在那里反复想着他那句"为什么有经济学——因为稀少——为什么稀少，因为欲望"而麻颤惊动，如同山间顽崖愚壁偶闻大师说法，不免震动到石骨土髓咯咯作响的程度。原来整场生命也可作经济学来看，生命也是如此短小稀少啊！而人的不幸却在于那颗永远渴切不止的有所索求、有所跃动、有所未足的心。为什么是这样的呢？为什么竟是这样的呢？我痴坐着，任泪下如麻不敢去动它，不敢让身旁年轻的助教看到，不敢让大一年轻的孩子看到。奇怪，为什么他们都不流泪呢？只因为年轻吗？因年轻就看不出生命如果像戏，也只能像一场短短的独幕剧吗？"朝如青丝暮成雪"，乍起乍落的一朝一暮间又何尝真有少年与壮年之分？"急罚盏，夜阑灯灭"，匆匆如赴一场喧哗夜宴的人生，又岂有早到晚到早走晚走的分别？然而他们不悲伤，他们在低头记笔记。听经济学听到哭起来，这话如果是别人讲给我听的，我大概会大笑，笑人家的滥情，可是……

"所以，"经济学教授又说话了，"有位文学家卡莱亚这样形容：经济学是门'忧郁的科学'……"

我疑惑起来，这教授到底是因有心而前来说法的长者，还是以无心来度脱的异人？至于满堂的学生正襟危坐是因岁月尚早，早如揭衣初涉水的浅溪，所以才凝然无动吗？为什么五月山榴子的香馥里，独独旁听经济学的我为这被一语道破的短促而多欲的一生而又惊又痛泪如雨下呢？

如果作者是花

"年年岁岁花相似，岁岁年年人不同。"

诗选的课上，我把句子写在黑板上，问学生："这句子写得好不好？"

"好！"

他们的声音听起来像真心的，大概在强说愁的年龄，很容易被这样工整、俏皮而又怅惘的句子所感动吧？

"这是诗句，写得比较文雅，其实有一首新疆民谣，意思也跟它差不多，却比较通俗，你们知道那歌词是怎么说的？"

他们反应灵敏，立刻争先恐后地叫出来：

太阳下山明早依旧爬上来，

花儿谢了明年还是一样地开。

美丽小鸟飞去无影踪，

我的青春小鸟一样不回来，

我的青春小鸟一样不回来。

那性格活泼的干脆就唱起来了。

"这两种句子从感性上来说，都是好句子，但从逻辑上来看，却有不合理的地方——当然，文学表现不一定要合逻辑，但是我还是希望你们看得出来问题在哪里。"

他们面面相觑，又认真地反复念诵句子，却没有一个人答得上来。我等着他们，等满堂红润而聪明的脸，却终于放弃了，只因太年轻啊，有些悲凉是不容易觉察的。

"你知道为什么说'花相似'吗？是因为陌生，因为我们不懂花，正好像一百年前，我们中国是很少看到外国人，所以在我们看起来，他们全是一个样子，而现在呢，我们看多了，才知道洋人和洋人大有差别，就算都是美国人，有的人也有本领一眼看出住纽约、旧金山和南方小城的不同。我们看去年的花和今年的花一样，是因为我们不是花，不曾去认识花，体察花，如果我们不是人，是花，我们会说：'看啊，校园里每一年都有全新的新鲜人的面孔，可是我们花却一年老似一年了。'

"同样的，新疆歌谣里的小鸟虽一去不回，太阳和花其实也是一去不回的，太阳有知，太阳也要说：'我们今天早晨升起来的时候，已经比昨天疲软、苍老了，奇怪，人类却一代一代永远有年轻的面孔……'

"我们是人，所以感觉到人事的沧桑变化，其实，人世间何物没有生老病死，只因我们是人，说起话来就只能看到人的痛，你们猜，那句诗的作者如果是花，花会怎么写呢？"

"年年岁岁人相似，岁岁年年花不同。"他们齐声回答。

他们其实并不笨，不，他们甚至可以说很聪明，可是，刚才他们为什么全不懂呢？只因为年轻，只因为对宇宙间生命共有的枯荣代谢的悲伤有所不知啊！

高倍数显微镜

他是一个生物系的老教授，外国人，我认识他的时候，他已经退休了。

"小时候，父亲是医生，他看病，我就站在他旁边，他说：'孩子，你过来，这是哪一块骨头？'我就立刻说出名字来……"

我喜欢听老年人说自己幼小时候的事，人到老年还不能忘的记忆，大约有点像太湖底下捞起的石头，是洗净尘泥后的硬瘦剔透，上面附着一生岁月所冲积洗刷出的浪痕。

这人大概注定要当生物学家的。

"少年时候，喜欢看显微镜，因为那里面有一片神奇隐秘的世界，但是看到最细微的地方就看不清楚了，心里不免想，赶快做出高倍数的新式显微镜吧，让我看得更清楚，让我对细枝末节了解得更透彻，这样，我就会对生命的原质明白得更多，我的疑难就会消失……"

"后来呢？"

"后来，果然显微镜愈做愈好，我们能看清楚的东西，愈来愈多，可是……"

"可是什么？"

"可是我并没有成为我自己所预期的'更明白生命真相的人'，糟糕的是比以前更不明白了，以前的显微镜倍数不够，有些东西根本没发现，所以不知道那里隐藏了另一段秘密，但现在，我看得愈细，知道得愈多，愈不明白了，原来在奥秘的后面还连着另一串奥秘……"

我看着他清癯渐消的颊和清灼明亮的眼睛，知道他是终于"认了"。半世纪以前，那意气风发的少年以为只要一架高倍数的显微镜，生命的秘密便迎刃可解。什么使他敢生出那番狂想呢？只因为年轻吧？只因为年轻吧？而退休后，在校园的行道树下看花开花谢的他终于低眉而笑，以近乎撒赖的口气说："没办法啊，高倍数的显微镜也没有办法啊，在你想尽办法以为可以看到更多东西的时候，生命总还留下一段奥秘，是你想不通猜不透的……"

浪掷

开学的时候，我要他们把自己形容一下，因为我是他们的导师，想多知道他们一点。

大一的孩子，新从成功岭下来，从某一点上看来，也只像高四罢了，他们倒是很合作，一个一个把自己尽其所能地描述了一番。

等他们说完了，我忽然觉得惊讶，不可置信，他们中间照我来看分成两类，有一类说"我从前爱玩，不太用功，从现在起，我想要好好读点书"，另一类说"我从前就只知道读书，从现在起我要好好参加些社团，或者去郊游。"

奇怪的是，两者都有轻微的追悔和遗憾。

我于是想起一段三十多年前的旧事，那时流行一首电影插曲（大约是叫《渔光曲》吧），阿姨舅舅都热心播唱，我虽小，听到"月儿弯弯照九州"觉得是可以同意的，却对其中另一句大为疑惑。

"舅舅，为什么要唱'小妹妹青春水里流（或"丢"？不记得了）'呢？"

"因为她是渔家女嘛，渔家女打鱼不能上学，当然就浪费青春啦！"

我当时只知道自己心里立刻不服气起来，但因年纪太小，不会说理由，不知怎么吵，只好不说话，但心中那股不服倒也可怕，可以埋藏三十多年。

等读中学听到"春色恼人"，又不死心地去问，春天这么好，为什么反而好到令人生恼，别人也答不上来，那讨厌的甚至眨眨狎邪的眼光，暗示春天给人的恼和"性"有关。但事情一定不是这样的，一定另有一个道理，那道理我隐约知道，却说不出来。

更大以后，读《浮士德》，那些埋藏许久的问句都汇拢过来，我隐隐知道那里有一番解释了。

年老的浮士德，坐对满屋子自己做了一生的学问，在典籍册页的阴影中他乍乍瞥见窗外的四月，歌声传来，是庆祝复活节的喧哗队伍。那一霎间，他懊悔了，他觉得自己的一生都抛掷了，他以为只要再让他年轻一次，一切都会改观。中国元杂剧里老旦上场照例都要说一句"花有重开日，人无再少年"（说得淡然而确定，也不知看戏的人惊不惊动），而浮士德却以灵魂押注，换来第二度的少年以及因少年才"可能拥有的种种可能"。可怜的浮士德，学究天人，却不知道生命是一桩太好的东西，好到你无论选择什么方式度过，都像是一种浪费。

生命有如一枚神话世界里的珍珠，出于沙砾，归于沙砾，晶光莹润的只是中间这一段短短的幻象啊！然而，使我们颠之倒之甘之苦之的不正是这短短的一段吗？珍珠和生命还有另一个类同之处，那就是你倾家荡产去买一粒珍珠是可以的，反过来，你要拿珍珠换衣换食却是荒谬的，就连镶成珠坠挂在美人胸前也是无奈的，无非使两者合作一场"慢动作的人老珠黄"罢了。珍珠只是它圆灿含彩的自己，你只能束手无策地看着它，你只能欢喜或喟然——因为你及时赶上了它出于沙砾且必然还原为沙砾之间的这一段灿然。

而浮士德不知道——或者执意不知道，他要的是另一次"可能"，像一个不知是由于技术不好或是运气不好的赌徒，总以为只要再让他玩一盘，他准能翻本。三十多年前想跟舅舅辩的一句话我现在终于懂得该怎么说了，打鱼的女子如果算是浪掷青春的话，挑柴的女子岂不也是吗？读书的名义虽好听，而令人眼目为之昏眊，脊骨为之佝偻，还不该算是青春的虚掷吗？此外，一场刻骨的爱情就不算烟云过眼吗？一番功名利禄就不算滚滚尘埃吗？不是啊，青春太好，好到你无论怎么过都觉浪掷，回头一看，都要生悔。

"春色恼人"那句话现在也懂了，世上的事最不怕的应该就是"兵来有将可挡，水来以土能掩"，只要有对策就不怕对方出招。怕就怕在一个人正小小心心地和现实生活斗阵，打成平手之际，忽然阵外冒出一个叫宇宙大化的对手，他斜里杀出一记叫"春天"的绝招，身为人类的我们真是措手不及。对着排山倒海而来的桃红柳绿，对着蚀骨的花香，夺魂的阳光，生命的豪奢绝艳怎能不令我们张皇无措，当此之际，真是不做什么要懊悔——做了什么也要懊悔。春色之叫人气恼跺脚，就是气在我们无招以对啊！

回头来想我导师班上的学生，聪明颖悟，却不免一半为自己的用功后悔，一半为自己的爱玩后悔——只因年轻啊，只因太年轻啊，以为只要换一个方式，一切就扭转过来而无憾了。孩子们，不是啊，真的不是这样的！生命太完美，青春太完美，甚至连一场匆匆的春天都太完美，完美到像喜庆节日里一个孩子手上的气球，飞了会哭，破了会哭，就连一日日空瘪下去也是要令人哀哭的啊！

所以，年轻的孩子，连这么简单的道理你难道也看不出来吗？生命是一个大债主，我们怎么混都是他的积欠户。既然如此，干脆宽下心来，来个"债多不愁"吧！既然青春是一场"无论做什么都觉是浪掷"的憾意，何不反过来想想，那么，也几乎等于"无论诚恳地做了什么都不必言悔"，因为你或读书或玩，或作战，或打鱼，恰恰好就是另一个人叹气说他遗憾没做成的。

然而，是这样的吗？不是这样的吗？在生命的面前我可以大发职业病做一个把别人都看作孩子的教师吗？抑或我仍然只是一个太年轻的蒙童，一个不信不服、欲有所辩而又语焉不详的蒙童呢？

人生的什么和什么

　　她的手轻轻地搭在方向盘上，外面下着小雨。收音机正转到一个不知什么台的台上，溢漫出来的是安静讨好的古典小提琴。

　　前面是隧道，车流如水，汇集入洞。

　　"各位亲爱的听众，人生最重要的事其实只有两件，那就是……"

　　主持人的声音向例都是华丽明亮的居多，何况她正在义无反顾地宣称这项真理。

　　她其实也愿意听听这项真理，可是，这里是隧道，全长五百米，要四十秒钟才走得出来，隧道里面声音断了，收音机只会嗡嗡地响。她忽然烦起来，到底是哪两项呢？要猜，也真累人，是"物质与精神"吗？是"身与心"吗？是"爱情与面包"吗？是"生与死"吗？或"爱与被爱"？隧道不能倒车，否则她真想倒车出去听完那段话再进来。

隧道走完了，声音重新出现，是音乐。她早料到了四十秒太久，按一分钟可说二百字的广播速度来说，播音员已经说了一百五十个字了，一百五十个字，什么人生道理不都给她说完了吗？

她努力去听音乐，心里想，也许刚才那段话是这段音乐的引言，如果知道这段音乐，说不定也可以猜出前面那段话。

音乐居然是《彼得与狼》——这当然不会是答案。

依她的个性，她知道自己会怎么做，她会再听下去，一直听到主持人播报他们电台和节目的名字，然后，打电话去追问漏听的那一段来，主持人想必也很乐意回答。

可是，有必要吗？四十岁的人了，还要知道人生最重要的事是"什么和什么"吗？她伸手关上了收音机。雨大了，她按下雨刷。

对『人』的定义？

对『爱』的定义？

对『生活』的定义？

· 新书推荐 ·

 战胜心魔　　　　　　　　68.00元　　励志

作者：（美）拿破仑·希尔　　书号：978-7-5596-2918-0

"成功学教父"拿破仑·希尔的作品全球销量超过一亿册！

继《思考致富》后写的一本发人深省、震撼人心的著作，**大陆简体中文版唯一授权**。书中7大获取心灵、思想和身体自由的铁则，帮你对抗不断变动的外界，获得希望、勇气，以及明确的人生目标，克服成长中的孤独、恐惧、困顿与挫败，**看清内心真相，重建人生自信。**

 喝掉这"罐"书　　　　　42.00元　　小说

作者：阿米殿下　　书号：978-7-5596-2958-6

硬核科幻和美好人性的奇妙发酵，酿出九"罐"带飞想象力的故事！

用文字唤醒味觉享受的脑洞之书，一起探索奇绝恢弘的大脑景观。酸甜苦辣得以和喜怒哀乐相通，平面的文字竟能道出立体的人生百味，故事带来的共鸣让你沉醉其中，抛掉压力和焦虑，真正地放松下来。

 **不焦虑了**　　　　　　　42.00元　　心理自助

作者：（日）安藤俊介　　书号：978-7-5596-2916-6

治愈你的焦虑，改变你的生活！安抚了60万人的愤怒情绪管理技巧

80多个治愈焦虑情绪的小窍门，只要跟着做，就真的不焦虑了。全面覆盖工作、生活、交际、金钱等各方面会面对的焦虑情况，一一击退，让内心平静有力量。

 **一个女人的成长**　　　　49.80元　　励志

作者：薇薇夫人　　书号：978-7-5596-0787-4

每个"一生必读"的女性书单上都有这本书！

张德芬推荐书单！白先勇《心理月刊》《南方都市报》盛赞。**华语世界30年超级畅销的心灵经典！**

全球华人首席情感作家、台湾开卷好书奖得主薇薇夫人，讲述关于女性成长的一切问题和答案，引导女性朋友不断成长、成熟，活出更好的自己。

扫码关注 首单优惠

联合读创
官方淘宝店

联合读创公众号

· 阅读创造生活 ·

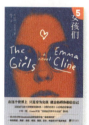

1. 疼 · 小说

2. 愿你慢慢长大 · 家教

3. 改变你的服装，改变你的生活 · 生活

4. 心静的力量 · 励志

5. 女孩们 · 小说

6. 王阳明：一切心法 · 社科

7. 阅读是一座随身携带的避难所 · 文学

8. 无印良品管理笔记 · 经管

9. 极简的阅读（第一辑）· 文学

10. 和孩子共读系列（声律启蒙、笠翁对韵）· 童书经典

11. 纯真告别 · 小说

12. 我的前半生：全本 · 传记

▶ 黄同学漫画中国史：清末民初那些年　52.00元

作者：那个黄同学　　　书号：978-7-5502-9443-1

那个黄同学前作《二战那些事》火爆畅销300000册！

一本严谨+爆笑的极简中国史，**国内第一部**以漫画的形式讲述清末民初的读物。全球读者25000000次点击量。有妖气、果壳网、新华网等自媒体历史漫画口碑神作。

历史重点知识点全覆盖。"超级考据控"4位高级编校历时600天精校，还原历史真相。

▶ 愿你喜欢被岁月修改的自己　52.8

作者：张西　　　书号：978-7-5596-283

与龙应台、蒋勋同列为2018台湾十大作家；荣获台湾好书，蝉联诚品、博客来等图书畅销榜超过50周。

1000公里的出走，30个夜晚，打开30扇门，和30个小房东促膝想要逃离的城市，一年一度的烟花节，走出家暴的年轻女孩，癌症人……30个陌生人的故事，串联你我，献给所有平凡的只愿有一天，我们能够深深爱上被年轻修改的自己。

▶ 边缘信使

作者：（美）安德森·库珀　　　书号：978-7-5596

轰动全球的美国版《看见》！
轰动全球、超千万读者口碑爆表的心灵巨作！

9座艾美奖得主、美国CNN传奇安德森·库珀首度剖析心灵史。《纽约时报》畅销榜冠军；《人物》《新闻周刊美国》等世界媒体年度之选。

▶ 睡莲花下的奇书

作者：（以色列）斯维特拉娜·多洛舍娃　　　书号：978-7

一部来自精灵世界的人类百科全书！

以色列顶尖艺术家送给人类的奇妙礼物。用文字和图彻底颠覆人类认知。

书中上百张充满童话感的哥特式绘画堪称一场视觉他们眼里，人类的世界神秘，不可思议。脑洞大开的

第二乐章

两三矛盾

爱情篇

两岸

我们总是聚少离多，如两岸。

如两岸——只因我们之间恒流着一条莽莽苍苍的河。我们太爱那条河，太爱太爱，以至竟然把自己站成了岸。

站成了岸，我爱，没有人勉强我们，我们自己把自己站成了岸。

春天的时候，我爱，杨柳将此岸绿遍，漂亮的绿绦子潜身于同色调的绿波里，缓缓地向彼岸游去。河中有萍，河中有藻，河中有云影天光，仍是《国风·关雎》的河啊，而我，一径向你泅去。

我向你泅去，我正遇见你向我泅来——以同样柔和的柳条。我们在河心相遇，我们的千丝万绪秘密地牵起手来，在河底。

只因为这世上有河，因此就必须有两岸，以及两岸的绿杨堤。我不知我们为什么只因坚持要一条河，而竟把自己矗立成两岸，岁岁年年相向而绿，任地老天荒，我们合力撑住一条河，死命地呵护那千里烟波。

两岸总是有相同的风，相同的雨，相同的水位。酢浆草匀分给两岸相等的红，鸟翼点给两岸同样的白，而秋来蒹葭露冷，给我们以相似的苍凉。

蓦然发现，原来我们同属一块大地。

纵然被河道凿开，对峙，却不曾分离。

年年春来时，在温柔得令人心疼的三月，我们忍不住伸出手臂，在河底秘密地挽起。

定义以命运

年轻的时候，怎么会那么傻呢？

对"人"的定义，对"爱"的定义，对"生活"的定义，对莫名其妙的刚听到的一个"哲学名词"的定义……

那时候，老是慎重其事地把左掌右掌看了又看，或者，从一条曲曲折折的感情线，估计着感情的河道是否决堤。有时，又正经地把一张脸交给一个人，从鼻山眼水中，去窥探一生的风光。

奇怪，年轻的时候，怎么什么都想知道？定义，以及命运。年轻的时候，怎么就没有想到过，人原来也可以有权不知不识而大刺刺地活下去。

忽然有一天，我们就长大了，因为爱。

去知道明天的风雨已经不重要了，执手处张发可以为风帆，高歌时，何妨倾山雨入盏，风雨于是不重要了，重要的是找一方共同承风挡雨的肩。

忽然有一天，我们把所背的定义全忘了，我们遗失了登山指南，我们甚至忘了自己，忘了那一切，只因我们已登山，并且结庐于一弯溪谷。千泉引来千月，万窍邀来万风，无边的庄严中，我们也自庄严起来。

而长年的携手，我们已彼此把掌纹叠印在对方的掌纹上，我们的眉因为同蹙同展而衔接为同一个名字的山脉，我们的眼因为相同的视线而映出为连波一片，怎样的看相者才能看明白这样两双手的天机，怎样的预言家才能说清楚这样两张脸的命运？

蔷薇几曾定义，白云何所谓其命运，谁又见过为劈头迎来的巨石而焦灼的流水？

怎么会那么傻呢，年轻的时候？

从俗

当我们相爱——在开头的时候——我们觉得自己清雅飞逸，仿佛有一个新我，自旧我中飘然游离而出。

当我们相爱时，我们从每一寸皮肤、每一缕思维中伸出触角，要去探索这个世界，拥抱这个世界，我们开始相信自己的不凡。

相爱的人未必要朝朝暮暮相守在一起——小说里都是这样说的，小说里的男人和女人一眨眼便已暮年，而他们始终没有生活在一起，他们留给我们的是凄美的回忆。

但我们是活生生的人，我们不是小说，我们要朝朝暮暮，我们要活在同一个时间，我们要活在同一个空间，我们要相厮相守，相牵相挂，于是我们放弃飞腾，回到人间，和一切庸俗的人同其庸俗。

如果相爱的结果是使我们平凡，让我们平凡。

如果爱情的历程是让我们由纵横行空的天马变为忍辱负重、行向一路崎岖的承载驾马，让我们接受。

如果爱情的轨迹总是把云霄之上的金童玉女贬为人间烟火中的匹妇匹夫，让我们甘心。

我们只有这一生，这是我们唯一的筹码，我们要合在一起下注。

我们只有这一生，这是我们唯一的戏码，我们要同台演出。

于是，我们要了婚姻。

于是，我们经营起一个巢，栖守其间。

在厨房，有餐厅，那里有我们一饮一啄的牵情。

有客厅，那里有我们共同的朋友以及他们的高谈阔论。

有兼为书房的卧房，各人的书站在各人的书架里，但书架相衔，矗立成壁，连我们那些完全不同类的书也在声气相求。

有孩子的房间，夜夜等着我们去为一双娇儿痴女念故事，并且盖他们老是踢掉的棉被。

至于我们曾订下的山之盟呢？我们所渴望的水之约呢？让它们等一等，我们总有一天会去的，但现在，我们已选择了从俗。

贴向生活，贴向平凡，山林可以是公寓，电铃可以是诗，让我们且来从俗。

娇女篇

——记小女儿

　　人世间的匹夫匹妇，一家一计的过日子人家，岂能有大张狂、大得意处？所有的也无非是一粥一饭的温馨，半丝半缕的知足，以及一家骨肉相依的感恩。

　　女儿的名字叫晴晴，是三十岁那年生的。强说愁的年龄过去了，渐渐喜欢平凡的晴空了。烟雨村路只宜在水墨画里，雨润烟浓只能嵌在宋词的韵律里，居家过日子，还是以响蓝的好天气为宜，女儿就叫了晴晴。

　　晴晴长到九岁，我们一家去恒春玩。恒春在屏东，屏东犹有我年老的爹娘守着，有桂花、有玉兰花以及海棠花的院落。过一阵子，我就回去一趟。回去无事，无非听爸爸对外孙说："哎哟，长得这么大了，这小孩，要是在街上碰见，我可不敢认哩！"

那一年，晴晴九岁，我们在佳洛水玩。我到票口去买票，两个孩子在一旁等着，做父亲的一向只顾搬弄他自以为得意的照相机。就在这时候，忽然飞来一只蝴蝶，轻轻巧巧就闯了关，直接飞到闸门里面去了。

"妈妈！妈妈！你快看，那只蝴蝶不买票，它就这样飞进去了！"

我一惊。不得了，这小女孩出口成诗哩！

"快点，快点，你现在讲的话就是诗，快点记下来，我们去投稿。"

她惊奇地看着我，不太肯相信：

"真的？"

"真的。"

诗是一种情缘，该碰上的时候就会碰上，一花一叶，一蝶一浪，都可以轻启某一扇神秘的门。

她当时就抓起笔，写下这样的句子：

我们到佳洛水去玩，

进公园要买票，

大人十块钱，

小孩五块钱，

但是在收票口，

我们却看到一只蝴蝶，

什么票都没有买，

就大模大样地飞进去了。

哼！真不公平！

"这真的是诗哇？"她写好了，仍不太相信。直到九月底，那首诗登在《中华儿童》的"小诗人王国"上，她终于相信那是一首诗了。

及至寒假，她快十岁了，有天早上，她接到一通电话，接到电话以后她又急着要去邻居家。这件事并不奇怪，怪的是她从邻家回来以后，宣布说邻家玩伴的大姐姐，现在做了某某电视公司儿童节目的助理。那位姐姐要她去找些小朋友来上节目，最好是能歌善舞的。我和她父亲一时目瞪口呆，这小孩什么时候竟被人聘去做"小小制作人"了？更怪的是她居然一副身膺重命的样子，立刻开始筹划。她的程序如下：

一、先拟好一份同学名单，一一打电话。

二、电话里先找同学的爸爸妈妈，问曰："我要带你的女儿（儿子）去上电视节目，你同不同意？"

三、父母如果同意，再征求同学本人同意。

四、同学同意了，再问他有没有弟弟妹妹可以一起带来。

五、人员齐备了，要他们先到某面包店门口集合，因为那地方目标大，好找。

六、她自己比别人早十五分钟到达集合地。

七、等齐了人，再把他们列队带到我们家来排演，当然啦，导演是由她自己荣任的。

八、约定第二、第三次排练时间。

九、带他们到电视台录像，圆满结束，各领一个弹弹球为奖品回家。

那几天，我们亦惊亦喜。她什么时候长得如此大了，办起事来俨然有大将之风，想起《屋顶上的提琴手》里婚礼上的歌词：

> 这就是我带大的小女孩吗？
> 这就是那戏耍的小男孩？
> 什么时候他们竟长大了？
> 什么时候呀？他们

想着，想着，万感交集，一时也说不清悲喜。

又有一次，是夜晚，我正在给她到香港小留的父亲写信，她拿着一本地理书来问我："妈妈，世界上有没有一条三寸长的溪流？"

小孩的思想真令人惊奇。大概出于不服气吧，为什么书上老是要人背最长的河流，最深的海沟，最高的主峰以及最大的沙漠？为什么没有人理会最短的河流呢？那件事后来也变成了一首诗：

我问妈妈：

"天下有没有三寸长的溪流？"

妈妈正在给爸爸写信，

她抬起头来说：

"有——

就是眼泪在脸上流。"

我说："不对，不对——

溪流的水应该是淡水。"

初冬的晚上，两个孩子都睡了。我收拾他们做完功课的桌子，竟发现一张小小的宣传单，一看之下，不禁大笑起来。后生毕竟是如此可畏，忙叫她父亲来看。这份宣传单内容如下：

你想学打毛线吗？教你钩帽子、围巾、小背心。

一个钟头才二元喔！（毛线自备或交钱买随意）

时间：一至六早上，日下午。

寒假开始。

需者向林质心登记。

这种传单她写了许多份，看样子是广作宣传用的。我们一方面惊讶她的企业精神，一方面也为她的大胆吃惊。她哪里会钩背心，只不过背后有个奶奶，到时候现炒现卖，想来也要令人捏冷汗。这个补习班后来没有办成，现代小女生不爱钩毛线，她也只有自叹无人来续绝学。据她自己说，她这个班是"服务"性质，一小时两元是象征性的学费，因为她是打算"个别教授"的。这点约略可信，因为她如果真想赚钱，背一首绝句我付她四元，一首律诗是八元，余价类推。这样稳当的"背诗薪水"她不拿，却偏要去"创业"，唉！

女儿用钱极省，不像哥哥，几百块的邮票一套套地买。她唯一的嗜好是捐款，压岁钱全被她成千成百地捐掉了。每想劝她几句，但劝孩子少作爱心捐款，总说不出口，只好由她。

女儿长得高大红润，在班上是体形方面的头号人物，自命为全班女生的保护人。有哪位男生敢欺负女生，她只要走上前去瞪一眼，那位男生便有泰山压顶之惧。她倒不出手打人，并且一本正经地说："我们空手道老师说的，我们不能出手打人，会打得人家受不了的。"

俨然一副名门大派的高手之风，其实，也不过是个"白带级"的小侠女而已。

她一度官拜"文化部长"，负责一个"图书柜"，成天累得不成人形。因为要为一柜子的书编号，并且负责敦促大家好好读书，又要记得催人还书，以及要求大家按号码放书……

后来她又受命做"卫生排长"，才发现指挥人扫地擦桌原来也是那么复杂难缠，人人都嫌自己的工作重，她气得要命。

有一天我看到饭桌上一包牛奶糖，很觉惊奇，她向来不喜甜食的。她看我挪动她的糖，急得大叫："妈妈，别动我的糖呀！那是我自己的钱买的呀！"

"你买糖干什么？"

"买给他们吃的呀，你以为带人好带啊？这是我想了好久才想出来的办法呀！哪一个好好打扫，我就请他吃糖。"

快月考了，桌上又是一包糖。

"这是买给我学生的奖品。"

"你的学生？"

"是呀，老师叫我做 ×× 的小老师。"

×× 的家庭很复杂，那小女孩从小便有种种花招，女儿却对她有百般的耐心，每到考期女儿自己不读书，却累得上气不接下气地教她。

"我跟她说，如果数学考四十五分以上就有一块糖，五十分两块，六十分三块，七十分四块，……"

"什么？四十五分也有奖品？"

"啊哟，你不知道，她什么都不会，能考四十分，我就高兴死啦！"

那次月考，她的高足考了二十多分，她仍然赏了糖。她说："也算很难得啰！"

我正在聚精会神地看一本书，她走到我面前来："我最讨厌人家说我是好学生了！"

我本来不想多理她，只"噢"了一声，转而想想，不对。我放下书，在灯下看她水蜜桃似的有着细小茸毛的粉脸："让我想想，你为什么不喜欢人家叫你'好学生'。哦！我知道了，其实你愿意做好学生的，但是你不喜欢别人强调你是'好学生'。因为有'好学生'，就表示另外有'坏学生'，对不对？可是那些'坏学生'其实并不坏，他们只是功课不好罢了。你不喜欢人家把学生分成两种，你不喜欢在同一个班上有这样的歧视，对不对？"

"答对了！"她脸上掠过被了解的惊喜，以及好心意被窥知的羞赧，语音未落，人已跑跑跳跳到数丈以外去了。毕竟，她仍是个孩子啊！

那天，我正在打长途电话，她匆匆递给我一首诗："我在作文课上随便写的啦！"

我停下话题，对女伴说："我女儿刚送来一首诗，我念给你听，题目是《妈妈的手》——"

> 婴孩时——
> 妈妈的手是冲牛奶的健将，
> 我总喊："奶，奶。"
> 少年时——
> 妈妈的手是制便当的巧手，
> 我总喊："妈，中午的饭盒带什么？"

青年时——

妈妈的手是找东西的魔术师，

我总喊："妈，我东西不见啦！"

新娘时——

妈妈的手是奇妙的化妆师，

我总喊："妈，帮我搽口红。"

中年时——

妈妈的手是轻松的手，

我总喊："妈，您不要太累了！"

老年时——

妈妈的手是我思想的对象，

我总喊："谢谢妈妈那双大而平凡的手。"

然后，我的手也将成为另一个孩子思想的对象。

　　念着念着，只觉哽咽。母女一场，因缘也只在五十年内吧！其间并无可以书之于史、勒之于铭的大事，只是细细琐琐的俗事俗务。但是，俗事也是可以入诗的，俗务也是可以萦人心胸、久而芬芳的。

　　世路险巇，人生实难，安家置产，也无非等于衔草于老树之巅，结巢于风雨之际。如果真有可得意的，大概止于看见小儿女的成长如小雏鸟张目振翅，渐渐地能跟我们一起盘桓上下，并且渐渐地既能出入青云，亦能纵身人世。所谓得意事，大约如此吧！

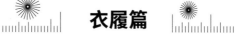

衣履篇

人生于世，相知有几？而衣履相亲，亦凉薄世界中之一聚散也。

羊毛围巾

所有的巾都是温柔的，像汗巾、丝巾和羊毛围巾。

巾不用剪裁，巾没有形象，巾甚至没有尺码，巾是一种温柔得不会坚持自我形象的东西，它被捏在手里，包在头上，或绕在脖子上，巾是如此轻柔温暖，令人心疼。

巾也总是美丽的，那种母性的美丽，或抽纱或绣花，或泥金或描银，或是织棉，或是钩纱，巾总是美得那么细腻娴雅。

而这个世界是越来越容不下温柔和美丽了，罗伯特·泰勒死了，斯图尔特·格兰杰老了，费雯·丽消失了，取代的是查理士·布朗逊，是007，是冷硬的简·芳达和费·唐纳薇。

唯有围巾仍旧维持着一份古典的温柔，一份美。

我有一条浅褐色的马海羊毛围巾，是新春去了壳的大麦仁的颜色，错觉上几乎嗅得到麸皮的干香。

即使在不怎么冷的日子，我也喜欢围上它。它是一条不起眼的围巾，但它的抚触轻暖，有如南风中的琴弦，把世界遗留在恻恻轻寒中，我的项间自有一圈暖意。

忽有一天，在惯行的山径上走，满山的芦苇柔软地舒开，怎样的年年苇色啊！这才发现芦苇和我的羊毛围巾有着相同的色调和触觉，秋山寂清，秋容空寥，秋天也正自搭着一条苇巾吧，从山巅绕到低谷，从低谷拖到水湄，一条古旧温婉的围巾啊！

以你的两臂合抱我，我的围巾，在更冷的日子你将护住我的两耳焐着我的发，你照着我的形象而委曲地折叠你自己，从左侧环护我，从右侧萦绕我，你是柔韧而忠心的护城河，你在我的坚强梗硬里纵容我，让我也有些小小的柔弱，小小的无依，甚至小小的撒娇作痴；你在我意气风发、飘然上举几乎要破躯而去的时候，静静地伸手挽住我，使我忽然体味到人世的温情，你使我悴然间软化下来，死心塌地留在人间。

如山，留在茫茫扑扑的芦苇里。

巾真的是温柔的，人间所有的巾，以及我的那一条。

背袋

我有一个背袋，用四方形碎牛皮拼成的，我几乎天天背着，一背竟背了五年多了。

每次用破了皮，我到鞋匠那里请他补，他起先还肯，渐渐地，就好心地劝我不要太省了。

我拿它去干洗，老板娘含蓄地对我一笑，说："你大概很喜欢这个包吧？"

我说："是啊！"

她说："怪不得用得这么旧了！"

我背着那包，在街上走着，忽然看见一家别致的家具店，我一走进门，那闲坐无聊的小姐忽然迎上来，说："咦，你是学画的吧？"

我坚决地摇摇头。

不管怎么样，我舍不得丢掉它。

它是我所有使用过的皮包里唯一可以装得下一本《辞源》，外加一个饭盒的。它是那么大，那么轻，那么强韧可信。

在东方，囊袋常是神秘的，背袋里永远自有乾坤。我每次临出门把那装得鼓胀的旧背袋往肩上一搭，心中一时竟会百感交集起来。

多少钱，塞进又流出；多少书，放进又取出，那里面曾搁入我多少次的午餐面包，又有多少信，多少报纸，多少学生的作业，多少名片，多少婚丧喜庆的消息在其中驻足继而又消失。

一只背袋简直是一段小型的人生。

曾经，当孩子的乳牙掉了，你匆匆将它放进去。曾经，山径上迎面栽跌下一枚松果，你拾了往袋中一塞。有的时候是一叶青枫，有的时候是一捧贝壳，有的时候是身份证、护照、公车票，有的时候是给那人买的袜子、熏鸡、鸭肫或者阿司匹林。

我爱那背袋，或者是因为我爱那些曾经真真实实发生过的生活。

背上袋子，两手就是空的，空了的双手让你觉得自在，觉得有无数可以掌握的好东西，你可以像国画上的隐士去策杖而游，你可以像英雄擎旗而战，而背袋不轻不重地在肩头，一种甜蜜的牵绊。

夜深时，我把整好的背袋放在床前，爱怜地抚弄那破旧的碎片，像一个江湖艺人在把玩陈旧的行头，等待明晨的冲州撞府。

明晨，我仍将背上我的背袋，去逐明日的风沙。

穿风衣的日子

香港人好像把那种衣服叫成"干湿褛"，那实在也是一个好名字，但我更喜欢我们在台湾的叫法——风衣。

每次穿上风衣，我会莫名其妙地异样起来，不知为什么，尤其刚扣好腰带的时候，我在错觉上总怀疑自己就要出发去流浪。

穿上风衣，只觉风雨在前路飘摇，小巷外有万里未知的路在等着，我有着"一蓑烟雨任平生"的莽莽情怀。

穿风衣的日子是该起风的，不管是初来乍到还不惯于温柔的春风，或是绿色退潮后寒意陡起的秋风。风在云端叫你，风透过千柯万叶以苍凉的颤音叫你。穿风衣的日子总无端地令人凄凉——但也因而无端地令人雄壮。

穿了风衣，好像就该有个故事要起头了。

必然有风在江南，吹绿了两岸，两岸的杨柳帷幕……

必然有风在塞北，拨开野草，让你惊见大漠的牛羊……

必然有风像旧戏中的流云彩带，圆转柔和地圈住一千一百万平方公里的旧梦。

必然有风像歌，像笛，一夜之间遍洛城。

曾翻阅汉高祖的白云的，曾翻阅唐玄宗的牡丹的，曾翻阅陆放翁的大散关的，那风，今天也翻阅你满额的青发，而你着一袭风衣，走在千古的风里。

风是不是天地的长喟？风是不是大块在血气涌腾之际搅

起的不安？

风鼓起风衣的大翻领，风吹起风衣的下摆，唰唰地打我的腿。我瞿然四顾，人生是这样辽阔，我觉得有无限邈远的天涯在等我。

旅行鞋

那双鞋是麂皮的，黄铜色，看起来有着美好的质感，下面是软平的胶底，足有两厘米厚。

鞋子的样子极笨，秃头，上面穿鞋带，看起来牢靠结实，好像能穿一辈子似的。

想起"一辈子"，心里不免怆然暗惊，但惊的是什么，也说不上来。一辈子到底是什么意思，半生又是什么意思？七十年是什么？多于七十或者少于七十又是什么？

每次穿那鞋，我都忍不住问自己，一辈子是什么？我拼命思索，但我依然不知道一辈子是什么。

已经四年了，那鞋秃笨厚实如昔，我不免有些恐惧，会不会，有一天，我已老去，再不能赴空山灵雨的召唤，再不能一跃而起前赴五湖三江的邀约，而它，却依然完好。

事实上，我穿那鞋，总是在我心情最好的时候。它是一双旅行鞋，我每穿上它，便意味着有一段好时间、好风光在等我。别的鞋底惯于踏一片黑沉沉的柏油，但这一双，踏的是海边的湿沙、岸上的紫岩，它踏过山中的泉涧，蹀尽林下的月光。但无论如何，我每见它时，总有一丝怅然。

也许不为什么，只为它是我唯一穿上以后真真实实去走路的一双鞋，只因我们一起踩遍花朝月夕、万里灰沙。

或穿或不穿，或行或止，那鞋常使我惊奇。

牛仔长裙

牛仔布，是当然该用来做牛仔裤的。

穿上牛仔裤显然应该属于另外一个世界，但令人讶异的是牛仔布渐渐地不同了，它开始接受了旧有的世界，而旧世界也接受了牛仔布，于是牛仔短裙和牛仔长裙出现了。原来牛仔布也可以是柔和美丽的，牛仔马甲和牛仔西装上衣、牛仔大衣也出现了，原来牛仔布也可以是典雅庄重的。

我买了一条牛仔长裙，深蓝的，直拖到地，我喜欢得要命。旅途中，我一口气把它连穿七十天，脏了，就在朋友家的洗衣机里洗好、烘好，依旧穿在身上。

真是有点疯狂。

可是我喜欢带点疯狂时的自己。

所以我喜欢那条牛仔长裙，以及穿长裙时候的自己。

对旅人而言，多余的衣服是不必的，没有人知道你昨天穿什么。所以，今天，在这个新驿站，你有权利再穿昨天的那件，旅人是没有衣橱、没有穿衣镜的。在夏天，旅人可凭两衫一裙走天涯。

假期结束时，我又回到学校，牛仔长裙挂起来，我规规矩矩穿我该穿的衣服。

只是，每次，当我拿出那条裙子的时候，我的心里依然涨满喜悦。穿上那条裙子，我就不再是母亲的女儿或女儿的母亲，不再是老师的学生或学生的老师，我不再有任何头衔、任何职分。我也不是别人的妻子，不必管那一百四十平方米的公寓。牛仔长裙对我而言渐渐变成了一件魔术衣，一旦穿上，我就只是我，不归于任何人，甚至不隶属于大化。因为当我一路走，走入山，走入水，走入风，走入云，走着，走着，事实上竟是根本把自己走成了大化。

那时候，我变成了无以名之的我，一径而去，比无垠雪地上身披猩红斗篷的宝玉更自如，因为连左右的一僧一道都不存在。我只是我，一无所系，一无所属，快活得要发疯。

只是，时间一到，我仍然回来，扮演我被同情或羡慕的角色，我又成了有以名之的我。

我因此总是用一种异样的情感爱我的牛仔长裙——以及身穿长裙时的自己。

项链

温柔之必要

肯定之必要

一点点酒和木樨花之必要

那句子是痖弦说的。

项链，也许本来也是完全不必要的一种东西，但它显然又是必要的，它的历史甚至是跟人类文明史一样长远的。

或者是一串贝壳、一枚野猪牙，或者是埃及人的黄金项圈，或者是印第安人的天青色石头，或者是中国人的珠圈玉坠，或者是罗马人的古钱，乃至土耳其人的宝石……项链委实是一种必要。

不单项链，一切的手镯、臂钏，一切的耳环、指环、头簪和胸针，都是必要的。

怎么可能有女孩子会没有一只小盒子呢？

怎么可能那只盒子里会没有一圈项链呢？

田间的番薯叶，堤上的小野花，都可以是即兴式的项链。而做小女孩的时候，总幻想自己是美丽的，吃完了释迦果，黑褐色的种子是项链。连爸爸抽完了烟，那层玻璃纸也被扭成花样，串成一环，那条玻璃纸的项链终于只做成半串。爸爸的烟抽得太少，而我长大得太快。

渐渐地，也有了一盒可以把玩的项链了，竹子的、木头的、石头的、陶瓷的、骨头的、果核的、贝壳的、镶嵌玻璃的，总之，除了一枚值四百元的玉坠，全是些不值钱的东西。

可是，那盒子有多动人啊！

小女儿总是瞪大眼睛看那盒子，所有的女儿都曾喜欢"借用"妈妈的宝藏，但她们真正借去的，其实是妈妈的青春。

我最爱的一条项链是骨头刻的（"刻骨"两个字真深沉，让人想到刻骨铭心，而我竟有一枚真实的刻骨，简直不可思议），以一条细皮革系着，刻的是一个拇指大的襁褓中的小娃娃，圆圆扁扁的脸，可爱得要命。买的地方是印第安村，卖的人也说刻的是印第安婴儿，因为只有印第安人才把娃娃用绳子绑起来养。

我一看，几乎失声叫起来，我们中国娃娃也是这样的呀。我忍不住买了。

小女儿问我那娃娃是谁，我说："就是你呀！"

她仔细地看了一番，果真相信了，满心欢喜兴奋，不时拿出来摸摸弄弄，真以为那就是她自己的塑像。

我其实没有骗她，那骨刻项链的正确名字应该叫作"婴儿"，它可以是印第安的婴儿，可以是中国婴儿，可以是日本婴儿，它可以是任何人的儿子、女儿，或者它甚至可以是那人自己。

我将它当胸而挂，贴近心脏的高度，它使我想到"彼亦人子也"，我的心跳几乎也因此温柔起来，我会想起孩子极幼小的时候，想起所有人类在襁褓中的笑容。

挂那条项链的时候，我真的相信，我和它，彼此都美丽起来。

红绒背心

那件红绒背心是我怀孕的时候穿的，下缘极宽，穿起来像一口钟。

那原是一件旧衣，别人送给我的，一色极纯的玫瑰红，大口袋上镶着一条古典的花边。

其他的孕妇装我全送人了，只留下这一件舍不得，挂在贮藏室里。它总是牵动着一些什么，平伏着一些什么。

怀孕日子里的那些不快，不知为什么，想起来都模糊了。那些疼痛和磨难竟然怎么想都记不真切，真奇怪，生育竟是生产的人和被生的人都说不清楚过程的一件事。

而那样惊天动地的过程，那种参天地之化育的神秘经验，此刻几乎等于完全不存在了，仿佛星辰，你虽知道它在亿万年前成形，却完全不能重复那份记忆，你只见日升月恒，万象回环，你只觉无限敬畏。世上的事原来是可以在混沌噩然中成其为美好的。

而那件红绒背心悬在那里，柔软鲜艳，那样真实，让你想起自己怀孕时期像一块璞石含容着一块玉的旧事。那时，曾有两脉心跳，交响于一副胸膛之内——而胸膛，在火色迸发的红绒背心之内。对我而言，它不是一件衣服，而是孩子的"创世纪"，我每忪望着它，就重温小胎儿在腹中来不及地膨胀时的力感。那时候，作为一个孕妇，怀着的竟是一个急速增大的银河系。真的，那时候，所有的孕妇是宇宙，有万种庄严。

而孩子大了，那里自顾自地玩着他的集邮册或彩色笔。一年复一年，寒来暑往，我拣衣服的时候，总看见那像见证人似的红绒背心悬在那里，然后，我习惯地转眼去看孩子，我感到寂寥和甜蜜。

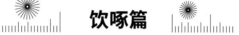

饮啄篇

一饮一啄无不循天之功、因人之力，思之令人五内感激；至于一桌之上，含哺之恩、共箸之情、乡关之爱、泥土之亲，无不令人庄严。

白柚

每年秋深的时候，我总要去买几只大白柚。

不知为什么，这件事年复一年地做着，后来竟变成一件慎重其事有如典仪一般的行为了。

大多数的人都只吃文旦，文旦是瘦小的、纤细的、柔和的，我嫌它甜得太软弱。我喜欢柚子，柚子长得极大、极重，不但圆，简直可以算作是扁的，好的柚瓣总是胀得太大，把瓣膜都能胀破了，真是不可思议。

吃柚子多半是在子夜时分，孩子睡了，我和丈夫在一盏灯下慢慢地剥开那芳香噗人的绿皮。柚瓣总是让我想到宇宙，想到彼此牵绊、互相契合的万类万品。我们一瓣一瓣地吃完它，情绪上几乎有一种虔诚。

人间原是可以丰盈完整，相与相洽，像一只柚子。

当我老时，秋风冻合两肩的季节，你，仍偕我去市集上买一只白柚吗？灯下一圈柔黄——两头华发渐渐相对成两岸的芦苇，你仍与我共食一只美满丰盈的白柚吗？

面包出炉时刻

我最不能抗拒的食物，是谷类食物。

面包、烤饼、剔圆透亮的饭粒都使我忽然感到饥饿。现代人从某种意义上来说是"吃肉的一代"，但我很不光彩地坚持着喜欢面和饭。

有次，是下雨天，在乡下的山上看一个陌生人的葬仪，主礼人捧着一箩谷子，一边撒一边念："福禄子孙——有喔——"忽然觉得眼眶发热，忽然觉得五谷真华丽、真完美，黍稷的馨香是可以上荐神明、下慰死者的。

是三十岁那年吧，有一天，正慢慢地嚼着一口饭，忽然心中一惊，发现满口饭都是一粒一粒的种子。一想到种子，立刻憬然敛容，不知道吃的是江南哪片水田里的稻种，不知是经过几世几劫，假多少手流多少汗才到了台湾，也不知它是来自嘉南平原还是遍野甘蔗被诗人形容甜如"一块方糖"的小城屏东。但不管这稻米是来自何处，我都感激，那里面有叨叨絮絮的深情切意，从唐虞上古直说到如今。

我也喜欢面包，非常喜欢。

面包店里总是涨溢着烘焙的香味，我有时不买什么也要进去闻闻。

冬天下午如果碰上面包出炉时刻真是幸福，连街上的空气都一时喧哗轰动起来，大师傅捧着个黑铁盘子快步跑着，把烤得黄脆焦香的面包神话似的送到我们眼前。

我尤其喜欢那种粗大圆涨的麸皮面包，我有时竟会傻里傻气地买上一堆。传说里，道家修仙都要"辟谷"，我不要"辟谷"，我要做人，要闻他一辈子稻香麦香。

我有时弄不清楚我喜欢面包或者米饭的真正理由，我是爱那淡白质朴远超乎酸甜苦辣之上的无味之味吗？我是爱它那一直是穷人粮食的贫贱出身吗？我是迷上了那令我恍然如见先民的神圣肃穆的情感吗？或者，我只是爱那炊饭的锅子乍掀、烤炉初启的奇异喜悦呢？

我不知道，我只知道在这个杂乱的世纪能走尽长街，伫立在一家面包店里等面包出炉的一刹那，是一件幸福的事。

球与煮饭

我每想到那个故事，心里就有点酸恻，有点欢忻，有点惆怅无奈，却又无限踏实。

那其实不是一则故事，那是报尾的一段小新闻，主角是王贞治的妻子。那阵子王贞治正是热门，他的全垒打眼见要赶到美国某球员的前面去了。

他果真赶过去了，全日本守在电视机前的观众疯了！他的两个孩子当然更疯了！

事后照例有记者去采访，要王贞治的妻子发表感想——记者真奇怪，他们老是假定别人一脑子都是感想。

"我当时正在厨房里烧菜——听到小孩大叫，才知道的。"

不知道那是她生平的第几次烹调，孩子看完球是要吃饭的，丈夫打完球也是得侍候的，她日复一日守着厨房——没人来为她数记录，连她自己也没数过。世界上好像没有女人为自己的一日三餐数算记录，一个女人如果熬到五十年金婚，她会烧五万四千多顿饭，那真是疯狂，女人硬是把小小的厨房用馨香的火祭供成了庙宇。她自己是终身以之的祭司，比任何僧侣都虔诚，一日三举火，风雨寒暑不断，那里面一定有些什么执着，一定有些什么令人落泪的温柔。

让全世界去为那一棒疯狂，对一个终身执棒的人而言，每一棒全垒打和另一棒全垒打其实都一样，都一样是一次完美的成就，但也都一样可以是一种身清气闲不着意的有如呼吸一般既神圣又自如的一击。东方哲学里一切的好都是一种"常"态，"常"字真好，有一种天长地久、无垠无限的大气魄。

那一天，全日本也许只有两个人没有守在电视机前，只有两个人没有盯着记录牌看，只有两个人没有发疯，那是王贞治的妻子和王贞治自己。

香椿

香椿芽刚冒上来的时候，是暗红色，仿佛可以看见一股地液喷上来，把每片嫩叶都充了血。

每次回屏东娘家，我总要摘一大抱香椿芽回来。孩子们都不在家，老爸老妈坐对四棵前后院的香椿，当然是来不及吃的。

记忆里妈妈不种什么树，七个孩子已经够排成一列树栽子了，她总是说："都发了人了，就发不了树啦！"可是现在，大家都走了，爸妈倒是弄了前前后后满庭的花、满庭的树。

我踮起脚来，摘那最高的尖芽。

不知为什么，椿树在传统文学里被看作一种象征父亲的树。对我而言，椿树是父亲，椿树也是母亲，而我是站在树下摘树芽的小孩。那样坦然地摘着，那样心安理得地摘着，仿佛做一棵香椿树就该给出这些嫩芽似的。

年复一年，我摘取；年复一年，那棵树给予。

我的手指已习惯于接触那柔软潮湿的初生叶子的感觉，那种攀摘令人惊讶浩叹，那不胜柔弱的嫩芽上竟仍把得出大地的脉动。所有的树都是大地单向而流的血管，而香椿芽，是大地最细致的微血管。

我把主干拉弯，那树忍着；我把枝干扯低，那树忍着；我把树芽采下，那树默无一语。我撇下树回头走了，那树在伤痕上自己努力结了疤，并且再长新芽，以供我下次攀摘。

我把树芽带回台北，放在冰箱里，不时取出几枝，切碎，和蛋，炒得喷香的放在餐桌上，我的丈夫和孩子争着嚷说炒得太少了。

我把香椿夹进嘴里，急急地品味那奇异的芳烈的气味，世界仿佛霎时凝止下来，浮士德在魔鬼给予的种种尘世欢乐之后仍然迟迟说不出口的那句话，我觉得我是能说的：

"太完美了，让时间在这一瞬间停止吧！"

不纯是为了那树芽的美味，更是为了那背后种种因缘——岛上最南端的小城，城里的老宅，老宅的故园，园中的树，象征父亲也象征母亲的树。

万物于人原来是可以如此亲和的。吃，原来也可以像宗教一般庄严肃穆的。

韭菜合子

我有时绕路跑到信义路四段，专为买几个韭菜合子。

我不喜欢油炸的那种，我喜欢干炕的。买韭菜合子的时候，心情照例是开朗的，即使排队等也觉高兴——因为毕竟证明吾道不孤，有那么多人喜欢它！我喜欢看那两个人合作无间地一个擀，一个炕，那种美好的搭配间仿佛有一种韵律似的。那种和谐不下于钟跟鼓的完美互足，或日跟夜的循环交替。

我其实并不喜欢韭菜的冲味，却仍旧去买——只因为喜欢买，喜欢看热烫鼓腹的合子被一把长铁叉翻取出来的刹那。

我又喜欢"合子"那两个字，一切"有容"的食物都令我觉得神秘有趣，像包子、饺子、春卷，都各自含容着一个奇异的小世界，像宇宙包容着银河，一只合子也包容着一片小小的乾坤。

合子是北方的食物，一口咬下仿佛能咀嚼整个河套平原，那些麦田，那些杂粮，那些硬茧的手！那些一场骤雨乍过在后院里新剪的春韭。

我爱这种食物。

有一次，我找到漳州街，去买山东煎饼（一种杂粮混制的极薄的饼），但去晚了，房子拆了，我惆怅地站在路边，看那跋扈的大厦傲然地在搭钢筋，我不知到哪里去找那失落的饼。

而韭菜合子侥幸还在满街贩卖。

我是去买一样吃食吗？抑是去找寻一截可以摸、可以嚼的乡愁？

瓜子

丈夫喜欢瓜子，我渐渐也喜欢上了，老远地跑到西宁南路去买，只为他们在封套上印着"徐州"两个字。徐州是我没有去过的故乡。

人是一种麻烦的生物。

我们原来不必有一片屋顶的，可是我们要。

屋顶之外原来不必有四壁的，可是我们要。

四壁之间又为什么非有一盏秋香绿的灯呢？灯下又为什么非有一张桌子呢？桌子上摆完了三餐又为什么偏要一壶茶呢？茶边凭什么非要一碟瓜子不可呢？

可是，我们要，因为我们是人。我们要属于自己的安排。

欲求，也可以是正大光明的，也可以是"此心可质天地的"。偶尔，夜深时，我们各自看着书或看着报，各自嗑着瓜子，有一搭没一搭地聊着，上一句也许是愁烦小女儿不知从哪里搞来一只猫，偷偷放在阳台上养，中间一句也许是谈一个二十年前老友的婚姻，而下面一句也许忽然想到组团到美国演出还差多少经费。

我们说着话，瓜子壳渐渐堆成一座山。

许多事，许多情，许多说了的和没说的全在嗑瓜子的时刻完成。

孩子们也爱瓜子，可是不会嗑，我们把嗑好的白白的瓜子仁放在他们白白的小手上，他们总是一口吃了，回过头来说："还要！"

我们笑着把他们支走了。

嗑瓜子对我来说是过年的项目之一。小时候，听大人说："有钱天天过年，没钱天天过关。"

而嗑瓜子让我有天天过年的错觉。

事实上，哪一夜不是除夕呢？每一夜，我们都要告别前身，每一黎明，我们都要面对更新的自己。

今夜，我们要不要一壶对坐，就着一灯一桌共一盘瓜子，说一兜说不完的话？

蚵仔面线

我带小女儿从永康街走过，两侧是饼香、葱香以及烤鸡腿、烤玉米、烤番薯的香。

走过"米苔目"（客家特色小吃）和肉羹的摊子，我带她在一锅蚵仔面线前站住。

"要不要吃一碗？"

她惊奇地看着那黏糊糊的面线，同意了。我给她叫了一碗，自己站在旁边看她吃。

她吃完一碗说："太好吃了，我还要一碗！"

我又给她叫一碗。

以后，她变成了蚵仔面线迷，再以后，不知怎么演变的，家里竟定出了一个法定的蚵仔面线日，规定每星期二一定要带他们吃一次，作为消夜。这件事原来也没有认真，但直到有一天，因为有事不能带他们去，小女儿竟委屈地躲在床上偷哭，我们才发现事情原来比我们想象的要顶真。

那以后，到了星期二，即使是下雨，我们也只得去端一锅回来。不下雨的时候，我们便手拉手地去那摊边坐下，一边吃，一边看满街流动的色彩和声音。

一碗蚵仔面线里，有我们对这块土地的爱。

一个湖南人，一个江苏人，在这个岛上相遇，相爱，生了一儿一女，四个人坐在街缘的摊子上，摊子在永康街（多么好听的一条街），而台北的街市总让我又悲又喜，环着永康的是连云，是临沂，是丽水，是青田（出产多么好的石头的地方啊）！而稍远的地方有属于孩子妈妈原籍的那条铜山街，更远一点，有属于孩子父亲的长沙街。我出生的地方叫金华，金华如今是一条街，我住过的地方是重庆、南京和柳州，重庆、南京和柳州也各是一条路。临别那块大陆是在广州，一到广州街总使我黯然。下船的地方是基隆，奇怪，连基隆也有一条路。

台北的路伸出纵横的手臂抱住祖国的版图，而台北又不失其为台北。

只是吃一碗蚵仔面线，只是在小小窄窄的永康街，却有我们和我们的儿女对这块土地无限的爱。

咏物篇

柳

所有的树都是用"点"画成的，只有柳，是用"线"画成的。

别的树总有花，或者果实，只有柳，茫然地散出些没有用处的白絮。

别的树是密码紧排的电文，只有柳，是疏落的结绳记事。

别的树适于插花或装饰，只有柳，适于霸陵的折柳送别。

柳差不多已经落伍了，柳差不多已经老朽了，柳什么实用价值都没有——除了美。柳树不是匠人的树，它是诗人的树、情人的树。柳是愈来愈少了，我每次看到一棵柳都会神经紧张地屏息凝视——我怕我有一天会忘记柳，我怕我有一天读到白居易的"何处未春先有思，柳条无力魏王堤"，或是韦庄的"晴烟漠漠柳毵毵"，竟必须去翻字典。

柳树从来不能造成森林，它注定是堤岸上的植物，而有些事，翻字典也是没用的，怎么的注释才能使我们了解苏堤的柳，在江南的二月天梳理着春风；隋堤的柳怎样茂美如堆烟砌玉的重重帘幕。

柳丝条子惯于伸入水中，去纠缠水中安静的云影和月光。它常常巧妙地逮着一枚完整的水月，手法比李白要高妙多了。

春柳的柔条上暗藏着无数叫作"青眼"的叶蕾，那些眼随兴一张，便喷出几脉绿叶，不几天，所有谷粒般的青眼都拆开了。有人怀疑彩虹的根脚下有宝石，我却总怀疑柳树根下有翡翠——不然，叫柳树去哪里吸收那么多纯净的碧绿呢？

木棉花

所有开花的树看来都该是女性的，只有木棉花是男性的。

木棉树又干又皱，不知为什么，它竟结出那么雪白柔软的木棉，并且用一种不可思议的优美风度，缓缓地自枝头飘落。

木棉花大得骇人，是一种耀眼的橘红色，开的时候连一片叶子的衬托都不要，像一碗红曲酒，斟在粗陶碗里，火烈烈的，有一种不讲理的架势，却很美。

树枝也许是干得很了，根根都麻皱着，像一只曲张的手——肱是干的，臂是干的，连手肘、手腕、手指头和手指甲都是干的——向天空讨求着什么，撕抓些什么。而干到极点时，树枝爆开了，木棉花几乎就像是从干裂的伤口里吐出来的火焰。

木棉花常常长得极高，那年在广州初见木棉树，不知是不是因为自己年纪特别小，总觉得那是全世界最高的一种树了，广东人叫它英雄树。初夏的公园里，我们疲于奔命地去捡拾那些新落的木棉，也许几丈高的树对我们是太高了些，竟觉得每团木棉都是晴空上折翼的云。

木棉落后，木棉树的叶子便逐日浓密起来。木棉树终于变得平凡了，大家也都安下一颗心，至少在明春以前，在绿叶的掩覆下，它不会再暴露那种让人焦灼的奇异的美了。

流苏与诗经

三月里的一个早晨，我到台大去听演讲，讲的是"词与画"。

听完演讲，我穿过满屋子的"权威"，匆匆走出，惊讶于十一点的阳光柔美得那样无缺无憾——但也许完美也是一种缺憾，竟至让人忧愁起来。

而方才幻灯片上的山水忽然之间都遥远了，那些绢，那些画纸的颜色都暗淡如一盒久置的香。只有眼前的景致那样真切地逼来，直把我逼到一棵开满小白花的树前，一个植物系的女孩子走过，对我说："这花，叫流苏。"

那花极纤细，连香气也是纤细的，风一过，地上就添了一层纤纤细细的白，但不知怎的，树上的花却也不见少。对一切单薄柔弱的美我都心疼着，总担心它们在下一秒就不存在了，匆忙的校园里，谁肯为那些粉簌簌的小花驻足呢？

不太喜欢"流苏"这个名字，听来仿佛那些花都是垂挂着的，其实那些花全都向上开着，每一朵都开成轻扬上举的十字形——我喜欢十字花科的花，那样简单地交叉的四个瓣，每一瓣之间都是最规矩的九十度，有一种古朴诚恳的美——像一部四言的《诗经》。

如果要我给那棵花树取一个名字，我就要叫它"诗经"，它有一树美丽的四言。

栀子花

有一天中午，坐在公路局的车上，忽然听到假警报，车子立刻调转方向，往一条不知名的路上疏散去了。

一刹那，仿佛真有一种战争的幻影在蓝得离奇的天空下涌现——当然，大家都确知自己是安全的，因而也就更有心情幻想自己的灾难之旅。

由于是春天，好像不知不觉间就有一种流浪的意味。季节正如大多数的文学家一样，第一季照例总是华美的浪漫主义，这突起的防空演习简直有点郊游趣味，不经任何人同意就自作主张而安排下的一次郊游。

车子走到一个奇异的角落，忽然停了下来，大家下了车，没有野餐的纸盒，大家只好咀嚼山水。天光仍蓝着，蓝得每一种东西都分外透明起来。车停处有一家低檐的人家，在篱边种了好几棵复瓣的栀子花，那种柔和的白色是大桶的牛奶里勾上那么一点子蜜。在阳光的烤炙中凿出一条香味的河。

如果花香也有颜色，玫瑰花香所掘成的河川该是红色的，栀子花的花香所掘的河川该是白色的，但白色有时候比红色更强烈、更震人。

也许由于这世界上有单瓣的栀子花，复瓣的栀子花就显得比一般的复瓣花更复瓣。像是许多叠的浪花，扑在一起，纠住了，扯不开，结成一攒花——这就是栀子花的神话吧！

假的解除警报不久就拉响了，大家都上了车，车子循着该走的正路把各人送入该过的正常生活中去了。而那一树栀子花复瓣的白和复瓣的香都留在不知名的篱落间，径自白着香着。

花拆

花蕾是蛹，是一种未经展示未经破茧的浓缩的美。花蕾是正月的灯谜，未猜中前可以有一千个谜底。花蕾是胎儿，似乎混沌无知，却有时喜欢用强烈的胎动来证实自己。

花的美在于它的无中生有，在于它的穷通变化。有时，一夜之间，花拆了；有时，半个上午，花胖了。花的美不全在色、香，在于那份不可思议。我喜欢慎重其事地坐着看昙花开放，其实昙花并不是太好看的一种花，它的美在于它的仙人掌的身世所给人的沙漠联想，以及它猝然而逝所带给人的悼念。但昙花的拆放是一种扎实的美，像一则爱情故事，美在过程，而不在结局。有一种月黄色的大昙花，叫"一夜皇后"的，每颤开一分，便震出噗然一声，像绣花绷子拉紧后绣针刺入的声音，所有细致的蕊丝，登时也就跟着一震，那景象常令人不敢久视——看久了不由得要相信花精花魄的说法。

我常在花开满前离去，花拆一停止，死亡就开始。

有一天，当我年老，无法看花拆，则我愿以一堆小小的春桑枕为收报机，听百草千花所打的电讯，知道每一夜花拆的音乐。

春之针缕

春天的衫子有许多美丽的花为锦绣，有许多奇异的香气为熏炉，但真正缝纫春天的，仍是那一针一缕最质朴的棉线——

初生的禾田，经冬的麦子，无处不生的草，无时不吹的风，风中偶起的鹭鸶，鹭鸶足下恣意黄着的菜花，菜花丛中扑朔迷离的黄蝶……跟人一样，有的花是有名的、有价的、有谱可查的，但有的没有，那些没有品秩的花却纺织了真正的春天。赏春的人常去看盛名的花，真正的行家却宁可细察春衫的针缕。

酢浆草常是以一种倾销的姿态推出那些小小的紫晶酒盅，但从来不粗制滥造。有一种菲薄的小黄花凛凛然地开着，到晚春时也加入抛散白絮的行列，很负责地制造暮春时节该有的凄迷。还有一种小草莓的花，白得几乎像梨花——让人不由得心里矛盾起来，因为不知道该祈祷留它为一朵小白花，或化它为一盏红草莓。小草莓包括多少神迹啊。如何棕黑色的泥土竟长出灰褐色的枝子，如何灰褐色的枝子会溢出深绿色的叶子，如何深绿色的叶间会沁出珠白的花朵，又如何珠白的花朵已锤炼为一块碧涩的祖母绿，而那颗祖母绿又如何终于兑换成浑圆甜蜜的红宝石。

春天拥有许多不知名的树、不知名的花草，春天在不知名的针缕中完成无以名之的美丽。

林木篇

行道树

　　每天，每天，我都看见他们，他们是已经生了根的——在一片不适于生根的土地上。

　　有一天，一个炎热而忧郁的下午，我沿着人行道走着，在穿梭的人群中，听自己寂寞的足音。忽然，我又看到他们，忽然，我发现，在树的世界里，也有那样完整的语言。

　　我安静地站住，试着去了解他们所说的一则故事：

　　我们是一列树，立在城市的飞尘里。

　　许多朋友都说我们是不该站在这里的，其实这一点，我们知道得比谁都清楚。我们的家在山上，在不见天日的原始森林里。而我们居然站在这儿，站在这双线道的马路边，这无疑是一种堕落。我们的同伴都在吸露，都在玩凉凉的云。而我们呢？我们唯一的装饰，正如你所见的，是一身抖不落的煤烟。

是的，我们的命运被安排定了，在这个充满车辆与烟囱的工业城里，我们的存在只是一种悲凉的点缀。但你们尽可以节省下你们的同情心，因为，这种命运事实上也是我们自己选择的——否则我们不必在春天勤生绿叶，不必在夏日献出浓荫。神圣的事业总是痛苦的，但是，也唯有这种痛苦能把深度给予我们。

当夜来的时候，整个城市里都是繁弦急管，都是红灯绿酒。而我们在寂静里，我们在黑暗里，我们在不被了解的孤独里。但我们苦熬着把牙龈咬得酸疼，直等到朝霞的旗冉冉升起，我们就站成一列致敬——无论如何，我们这城市总得有一些人迎接太阳！如果别人都不迎接，我们就负责把光明迎来。

这时，或许有一个早起的孩子走了过来，贪婪地呼吸着鲜洁的空气，这就是我们最自豪的时刻了。是的，或许所有的人都早已习惯于污浊了，但我们仍然固执地制造着不被珍视的清新。

落雨的时分也许是我们最快乐的，雨水为我们带来故人的消息，在想象中又将我们带回那无忧的故林。我们就在雨里哭泣着，我们一直深爱着那里的生活——虽然我们放弃了它。

立在城市的飞尘里，我们是一列忧愁而又快乐的树。

故事说完了，四下寂然。一则既没有情节也没有穿插的故事，可是，我听到他们深深的叹息。我知道，那故事至少感动了他们自己。然后，我又听到另一声更深的叹息——我知道，那是我自己的。

枫

秋天，茜从日本来信说："能想象吗？满山满谷都是红叶，都是鲜丽欲燃的红叶。"

放下信，我摹想着，那是怎样的一座山呢？远看起来像一块剔透的鸡血石呢，还是像一抹醉眠的晚霞呢？

从来没有偏爱过红色，只是在清清冷冷的落叶季里，心中不免渴切地向往那一片有着热度的红。当满山红叶诗意地悬挂着，是多少美丽的忧愁啊！

那种脆薄的、锯齿形的叶子也许并不是最漂亮的，但那憔悴中仍然殷红的脉络总使我想起殉道者的血，在苍凉的世纪里独自红着。

有一天，当我不得不离开我曾经热爱的世界，我愿有一双手，为我栽两株枫树。春天来时，青绿的叶影里仍然蕴藏着使我痴迷过的诗意。秋天，在霜滑的晚上，干干的红色堆积得很厚，像是故人亲切的问候，从群山之外捎来的。那时，我必定是很欣慰的。

我愿意如那一树枫叶，在晨风中舒开我纯洁的浅碧，在夕照中燃烧我殷切的灿红。

白千层

在匆忙的校园里走着，忽然，我的脚步停了下来。

"白千层"，那个小木牌上这样写着。小木牌后面是一株很粗壮很高大的树。它奇异的名字吸引着我，使我感动不已。

它必定已经生长很多年了，那种漠然的神色、孤高的气象，竟有些像白发斑皤的哲人了。

它有一种很特殊的树干，绵软的、细韧的，一层比一层更洁白动人。

必定有许多坏孩子已经剥过它的干子了，那些伤痕很清楚地挂着。只是整个树干仍然挺立得笔直，在表皮被撕裂的地方显出第二层的白色，恍惚在向人说明一种深奥的意义。

一千层白色，一千层纯洁的心迹，这是一种怎样的哲学啊！冷酷的摧残从没有给它带来什么，所有的，只是让世人看到更深一层的坦诚罢了。

在我们人类的森林里，是否也有这样一株树呢？

相思树

很小的时候就开始喜欢那一片细细碎碎的浓绿。每次坐在树下望天，那些刀形的小叶忽然在微风里活跃起来，像一些熙熙攘攘的船，航在青天的大海里，不用桨也不用楫，只是那样无所谓地漂浮着。

有时走到密密的相思林里，太阳的光屑细细地筛了下来，在看不见的枝丫间，有一只淘气的鸟儿在叫着。那时候就只想找一段粗粗的树根为枕，静静地借草而眠，并且猜测醒来的时候，阳光会堆积得多厚。

有一次，一位从乡间来的朋友提起相思树，他说："那是一种很致密的木材，烧过以后是最好的木炭呢，叫作相思炭。"

我望着他，因激动而沉默了。相思炭！怎样美好的名字，"化作焦炭也相思"，一种怎样的诗情啊！

以后，每次看见那细细密密的叶子，心里不知怎么总是深深地感动着。

每一棵树都是一个奇迹，不是吗？

梧桐

其实，真正高大古老的梧桐木，我是没有见过的。

也许由于没有见过，它的身影在我心中便显得愈发高大了。有时，打开窗子，面对满山蓊郁的林木，我的眼睛便开始在那片翠绿中寻找一株完全不同的梧桐，可是，它不在那里。想象中，它应该生长在冷冷的山阴里，孤独地望着蓝天，并且试着用枝子去摩挲过往的白云。

在离它不远的地方有山泉的细响，泠泠如一曲琴音。渐渐地，那些琴音嵌在它的年轮里，使得桐木成为最完美的音乐木材。

我没有听过梧桐所制的古琴，事实上我们的时代也无法再出现一双操琴的手了。但想象中，那种空灵而缥缈的琴韵仍然从不可知的方向来了，并且在我梦的幽谷里低回着。

我又总是想着庄子所引以自喻的凤鸟鹓鶵，"夫鹓鶵，发于南海而飞于北海。非梧桐不止，非练实不食，非醴泉不饮"。

一想到那金羽的凤鸟，栖息在那高大的梧桐树上，我就无法不兴奋。当然，我也没有见过鹓鶵，但我深深地爱着它，爱它那种非梧桐不止的高洁，那种不苟于乱世的逸风。

然而，何处是我可以栖止的梧桐呢？

它必定存在着，我想——虽然我至今还没有寻到它，但每当我的眼睛在窗外重重叠叠的峦嶂里搜索的时候，我就十分确切地相信，它必定正隐藏在某个湿冷的山阴里。在孤单的岁月中，在渴切的等待中，聆听着泉水的弦柱。

矛盾篇（之一）

爱我更多，好吗？

爱我更多，好吗？

爱我，不是因为我美好，这世间原有更多比我美好的人。爱我，不是因为我的智慧，这世间自有数不清的智者。爱我，只因为我是我，有一点好有一点坏有一点痴的我，古往今来独一无二的我，爱我，只因为我们相遇。

如果命运注定我们走在同一条路上，碰到同一场雨，并且共遮于同一把伞下，那么，请以更温柔的目光俯视我，以更固执的手握紧我，以更和暖的气息贴近我。

爱我更多，好吗？唯有在爱里，我才知道自己的名字，知道自己的位置，并且惊喜地发现自身的存在。所有的石头只是石头，漠漠然冥顽不化，只有受日月精华的那一块会猛然爆裂，跃出一番欣忭欢悦的生命。

爱我更多，好吗？因为知识使人愚蠢，财富使人贫乏，一切的攫取带来失落，所有的高升令人沉陷，而且，每一项头衔都使我觉得自己的面目更为模糊起来。人生一世如果是日中的赶集，则我的囊橐空空，不是因为我没有财富而是因为我手中的财富太大，它是一块完整而不容割切的金子，我反而无法用它去购置零星的小件，我只能用它孤注一掷来购置一份深情。爱我更多，好让我的囊橐满胀而沉重，好吗？

爱我更多，好吗？因为生命是如此仓促，但如果你肯对我怔怔凝视，则我便是上戏的舞台，在声光中有高潮的演出，在掌声中能从容优雅地谢幕。

我原来没有权力要求你更多的爱，更多的激情，但是你自己把这份权力给了我，你开始爱我，你授我以柄，我才能如此放肆如此任性来要求更多。能在我的怀中注入更多醇醪吗？肯为我的炉火添加更多柴薪否？我是饕餮，我是贪得无厌的，我要整个春山的花香，整个海洋的月光，可以吗？

爱我更多，就算我的要求不合理，你也应允我，好吗？

爱我少一点，我请求你

爱我少一点，我请求你。

有一个秘密，不知道该不该告诉你，其实，我爱的并不是你，当我答应你的时候，我真正的意思是：我愿意和你在一起，一起去爱这个世界，一起去爱人世，并且一起去承受生命之杯。

所以，如果在春日的晴空下你肯痴痴地看一株粉色的"寒绯樱"，你已经给了我最美丽的示爱。如果你虔诚地站在池畔看三月雀榕树上的叶苞如何一一骄傲专注地等待某一定时定刻的爆放，我已一世感激不尽。你或许不知道，事实上那棵树就是我啊！在春日里急于释放绿叶的我啊！至于我自己，爱我少一点吧！我请求你。

爱我少一点，因为爱使人痴狂，使人颠倒，使人牵挂，我不忍折磨你。如果你一定要爱我，且爱我如清风来水面，不黏不滞。爱我如黄鸟度青枝，让飞翔的仍去飞翔，扎根的仍去扎根，让两者在一刹的相逢中自成千古。

爱我少一点，因为"我"并不只住在这一百六十厘米的身高中，并不只容纳于这方趾圆颅内。请到书页中去翻我，那里有缔造我骨血的元素；请到闹市的喧哗纷杂中去寻我，那里有我的哀恸与关怀；并且尝试到送殡的行列里去听我，其间有我的迷惑与哭泣；或者到风最尖啸的山谷，浪最险恶的悬崖，落日最凄艳的草原上去探我，因为那些也正是我的悲怆和叹息。我不只在我里，我在风我在海我在陆地我在星，你必须少爱我一点，才能去爱那藏在大化中的我。等我一旦烟消云散，你才不致猝然失去我，那时，你仍能在蝉的初吟、月的新圆中找到我。

爱我少一点，去爱一首歌好吗？因为那旋律是我；去爱一幅画，因为那流溢的色彩是我；去爱一方印章，我深信那老拙的刻痕是我；去品尝一坛佳酿，因为坛底的醉意是我；去珍惜一幅编织，那其间的纠结是我；去欣赏舞蹈和书法吧——不管是舞者把自己挥洒成行草篆隶，或是寸管把自己飞舞成腾跃旋挫，那其间的狂喜和收敛都是我。

爱我少一点，我请求你，因为你必须留一点柔情去爱你自己。因你爱我，你便不再是你自己，你已是我的一部分，所以，把爱我的爱也分回去爱惜你自己吧！

听我最柔和的请求，爱我少一点，因为春天总是太短太促太来不及，因为有太多的事等着在这一生去完成去偿还，因此，请提防自己，不要爱我太多，我请求你。

矛盾篇（之二）

我渴望赢

我渴望赢，有人说人是为胜利而生的，不是吗？

极幼小的时候，大约三岁吧，因为听外婆说一句故乡的成语"吃辣——当家"，就猛吃了几大口辣椒，权力欲之炽，不能说不惊人了。

如果我是英国贵族，大约会热衷养马赛马吧？如果是中国太平时代的乡绅，则不免要跟人斗斗蟋蟀，但我是个在台湾长大的小孩，习惯上只能跟人比功课。小学六年级，深夜，还坐在同学家的饭厅里恶补，补完了，睁开倦眼，摸黑走夜路回家。升学这一仗是不能输的，奇怪的是那么小的年纪，也很诡诈的，往往一面偷偷读书，一面又装出视死如归的气概，仿佛自己全不在乎。

考取北一女中是第一场小赢。

而在家里，其实也是霸气的。有一次大妹执意要母亲给她买两支水彩笔，我大为光火，认为她只需借用我的那支旧笔就可以了，而母亲居然听了她的话去为她买来了。我不动声色，第二天便要求母亲给我买四支。

"为什么要那么多？"

"老师说的！"我决不改口，其实真正的理由是，我在生气，气妹妹不知节俭，好，要浪费，就大家一起来浪费，你要两支，我就偏要四支，我是不能输给别人的！

母亲果然去买了四支笔，不知为什么，那四支笔仿佛火钳似的，放在书包里几乎要烫着人了。我暗暗立誓，而今而后，不要再为自己去斗气争胜了，斗赢了又如何呢？

有一天，在小妹的书桌前看到一张这样的纸条：

下次考试：
数学要赢×××
国文要赢×××
英文要赢×××
……

不觉失笑，争强斗胜，一至于此，不但想要夺总冠军，而且想一项一项去赢过别人，多累人啊——然而，妹妹当年活着便是要赢这一场艰苦的仗。

至于我自己，后来果真能淡然吗？有的时候，当隐隐的鼓声扬起，我不觉又执矛挺身，或是写一篇极难写的文章，或是跟"在上位者"争一件事情。争赢求胜的心仍在，但真正想赢过的往往竟是自己，要赢过自己的私心和愚蠢。

有一次，在报上看到英国的特攻队去救出伊朗大使馆里的人质，在几分钟内完成任务大获全胜，而他们的工作箴言却是"Who dares wins"（勇于敢者胜），我看了，气血翻涌，立刻把它钉在记事板上，天天看一遍。

行年渐长，对一己的荣辱渐渐不以为意了，却像一条龙一样，有其颈项下不可批的逆鳞，我那不可碰不可输的东西是"中国"。不是地理上的那块海棠叶，而是我胸中的这块隐痛：当我俯饮马来西亚马六甲的郑和井，当我行经马尼拉的华人坟场，当我在纽约街头看李鸿章手植的绿树，当我在哈佛校区里抚摩那驮碑的赑屃，当我在韩国的庆州看汉瓦当，在香港的新界看邓围，当我在泰北山头看赤足的孩子凌晨到学校去，赶在上泰国政府规定的泰文课之前先读中文……我所渴望赢回的是故园的形象，是散在全世界有待像拼图一般聚拢来的中国。

有一个名字不容任何人污蔑，有一个话题绝不容别人占上风，有一份旧爱不准他人来置喙。总之，只要听到别人的话锋似乎要触及我的中国了，我会一面谦卑地微笑，一面拔剑以待，只要有一言伤及它，我会立刻挥剑求胜，即使为剑刃所伤亦在所不惜。

属于我自己的轮盘或赢或输又算什么，大不了是这百年光阴的一次小小押宝罢了。而五千年的传统，十亿生灵的祸福却是古往今来最巨大最悲切的投注了，怎能不求其成呢！

上天啊，让我们赢吧！我们是为赢而生的，必要时也可以为赢而死，因此，其他的选择是不存在的，在这唯一的奋争中给我们赢——或者给我们死。

我寻求挫败

我一直都在寻求挫败，寻求被征服被震慑被并吞的喜悦。

有人出发去"征山"，我从来不是，而且刚好相反，我爬山，是为了被山征服。有人飞舟，是为了"凌驾"水，而我不是，如果我去亲炙水，我需要的是涓水归川的感觉，是自身的消失，是形体的涣释，精神的冰泮，是自我复归位于零的一次冒险。

记得故事中那个叫"独孤求败"的第一剑侠吗？终其生，他遇不到一个对手，人间再没有可以挫阻自己的高人，天地间再没有可匹可敌可交锋的力量，真要令人忽忽如狂啊！

生来有一块通灵宝玉的贾宝玉是幸福的，但更大的幸福发生在他掷玉的刹那。那时，他初遇黛玉，一照面之间，彼此惊为旧识，仿佛已相契了万年。他在惊愕慌乱中竟把一块玉胡乱砸在地上，那种自我的降服和破碎是动人的，是一切真爱情最醇美的倾注。

文学史上也不乏这样的例子，陈师道曾经"一见黄豫章（黄山谷）尽焚其稿而学焉"，一个人能碰见令自己心折首俯的高人，并能一把火烧尽自己的旧作，应该算是一种极幸福的际遇。

《新约》中的先知约翰曾一见耶稣便屈身降志说："我仅仅是以水为你们施洗礼的，他却以灵为你们施洗礼，我之于他，只能算一声开道的吆喝声！"《红拂传》里的虬髯客一见李靖，便知天下大势已定，乃飘然远引，那使男子为他色沮、女子为他夜奔的大唐盛世的李靖，我多么想见他一眼啊！清朝末年的孙中山也有如此风仪，使四方豪杰甘于俯首授命。人生的悲剧原不在头断血流，在于没有大英雄可为之赴命，没有大理想供其驱驰。

我一直在寻找挫败，人生天地间，还有什么比挫败更快乐的事？就爱情言，其胜利无非是最彻底的"溃不成军"，就旅游言，一旦站在千丘万壑的大峡谷前感到自己渺如蝼蚁，还有什么时候你能如此心甘情愿地卑微下来，享受大化的赫赫天威？又尝记得一次夏夜，卧在沙滩上看满天繁星如雨阵如箭镞，一时几乎惊得昏呆过去，有一种投身在伟大之下的绝望，知道人类永永远远不能去逼近那百万光年之外的光体，这份绝望使我一想起来仍觉兴奋昂扬。试想全宇宙如果都像一个窝囊废一样被我们征服了，日子会多么无趣啊！读圣贤书，其理亦然。看见洞照古今长夜的明灯，听见声彻人世的巨钟，心中自会有一份不期然的惊喜，知道我虽愚鲁，天下人间能人正多。这一番心悦诚服，使我几乎要大声宣告说："多么好！人间竟有这样的人！我连死的时候都可以安心了！因为有这样优秀的人，有这些美丽的思想！"此外见到特瑞沙在印度，史怀哲在非洲，或是八大石涛在美术馆，或是周鼎宋瓷在博物院，都会兴起一份"我永世不能追摹到这种境界"的激动，这种激动，这种虔诚的服输，是多么难忘的大喜悦。

如果此生还有未了的愿望，那便是不断遇到更令人心折的人，不断探得更勾魂摄魄荡荡可吞人的美景，好让我能更彻底地败溃，更从心底承认自己的卑微和渺小。

矛盾篇（之三）

狂喜

仰俯终宇宙，

不乐复何如？

曾经看过一部沙漠纪录片，荒旱的沙碛上，因为一阵偶雨，遍地野花猛然争放，错觉里几乎能听到轰然一响，所有的颜色便在一刹间蹿上地面，像什么壕沟里埋伏着的万千勇士奇袭而至。

那一场烂漫真惊人，那时候，你会惊悟到原来颜色也是有欲望，有性格，甚至有语言有欢呼的！

而我自己的生命，不也是这样一番来不及的吐艳吗？细想起来，怎能不生大感激大欢喜，就连气恼郁愤的时候，反身自问，也仍是自庆自喜的，一切烦恼原是从有我而来，从肉身而来，但这一个"我"、这一个"肉身"也来之不易啊！是神话里的山精水怪桃柳鱼蛇修炼千年以待的呢！即使要修到神仙，也须先做一次人身哩！《新约》中的耶稣，其最动人处便在破体而出舍入尘寰而为人身，仿佛一位父亲俯身于沙堆里，满面黑污地去和小儿女办家家酒。

得到这样的肉身，是所有的动物、植物、矿物仰首以待的，天上神明俯身以就的，得到这样清亮飒爽如黎明新拭的肉身，怎能不大喜若狂呢？

莎士比亚在《第十二夜》里有一段论爱情的话：

> 你要这样想："求爱得爱固然好，没有求，就给你，更足宝。"

如果以之论生命，也很适用，这一番气息命脉是我们没有祈求就收到的天宠，这一副骨骼筋络是不曾耕耘便有的收获。至于可以辨云识星的明眸，可以听雨闻风的聪耳，可以感春知秋的慧觉，哪一样不如同悬崖上的吊松、野谷里的幽兰，是一项不为而有、不豫而成的美丽。

这一切，竟都在我们的无知浑噩中完足了，想来怎能不顶礼动容，一心赞叹！

肉身有它的欲苦，它会饥饿——但连饥饿亦是美好的，没有饥饿感，婴儿会夭折，成人会消损，而且，大快朵颐的喜悦亦将失落。

肉身会疲倦困顿——但世上又岂有什么仙境比梦土更温柔？在那里，一切的乏劳得到憩息，一切的苦烦暂且卸肩，老者又复其童颜，羸者又复其康强，卑微失意的角色，终有其可以昂首阔步的天地。原来连疲倦困顿也是可以击节赞美的设计，可以欢忭踊颂的策划。

肉身会死亡，今日之红粉，竟是明日之骷髅，此刻脑中之才慧，亦无非他年蝼蚁之小宴。然而，此生此世仍是可幸贺的。我甘愿做冬残的槁木，只要曾经是早春如诗如酒的花光，我立誓在成土成泥成尘成烟之余都要洒然一笑，因为活过了，就是一场胜利，就有资格欢呼。

在生命高潮的波峰，享受它。在生命低潮的波谷，忍受它。享受生命，使我感到自己的幸运，忍受生命，使我了解自己的韧度，两者皆令我喜悦不尽。

如果我坚持生命是一场大狂喜会激怒你，请原谅我吧，我是情不自禁啊！

大悲

生命中之所以有其大悲，在于别离。

而其实宇宙万象，原不知何物为"别"，"别"是由于人的多事才生出来的。萍与萍之间岂真有聚散，云与云之际也谈不上分合。所以有别离者，在于人之有情，有眷恋，有其不可理喻的依依。

　　佛家言人生之苦，喜欢谈"怨憎会""爱别离"，其实，尤其悲哀的应该是后者吧？若使所爱之人能相依，则一切可憎可怨者也就可以原谅。就众生中的我而言，如果常能与所爱之人饮一杯茶，共一盏灯，能知道小女孩在钢琴旁，大儿子在电脑前，并且在电话的那一端有父母的晨昏，在圣诞卡的另一头有弟弟妹妹的他乡岁月，在这个城或那个城里，在山巅，在水涯，在平凡的公寓里住着我亲爱的朋友们，只要他们不弃我而去，我会无限度地忍耐不堪忍耐的，我会原谅一切可憎可怨的人，我会有无限宽广的心。

　　然而，所谓"怨憎会"与"爱别离"其实也可以指人际以外的环境和状况吧？那曾与你亲密相依的密实黑发，终有一日要弃你而去，反是你所怨憎的白发或童秃来与你垂老的头颅相聚啊！你所爱的颊边的蔷薇，眼中的黑晶，终将物化，我们被强迫穿上那件可怨可憎的松挂得不成款式的制服——我指的是那坍垮下来的皮肤。并且用一双蒙眬的老花眼去看这变形的世界。告别那灵巧的敏慧的曾经完成许多创造的手，去接受颤抖的不听命的十指。整个垂老的过程岂不就是告别那一个自己曾惊喜爱赏的自己吗？岂不就是不明不白强迫你接受一个明镜中陌生的怨憎的与我格格不入的印象吗？

而尤其悲伤的是告别深爱的血中的傲啸，脑中的敏捷，以及心底的感应，反跟自己所怨憎的沉浊、麻木和迟钝相聚了。这种不甘心的分别与无奈的相聚恐怕不下于怨偶的纠结以及情人的远隔吧，世间之真大悲便该是这一类吧？

　　死是另一种告别，不仅仅是告别这世上恋栈过的目光，相依过的肩膀，爱抚过的婴颊——死所要告别的还要更多更多。自此以后，我那不足道的对人生的感知全都不算数了，后世之人谁会来管你第一次牙牙学语说出一个完整句子所引起的惊动和兴奋，谁又会在意你第一次约会前夕的窃喜，至于某个老人垂死之前跟一条狗的感情，谁又耐烦去记忆呢？每一个人自己个人惊天动地的内在狂涛，在后人看来不过是旋生旋灭的泡沫而已。活着的人要把自己的琐事记住尚且不易，谁又会留意作古之人的悲欢呢？死就是一番彻底的大告别啊，跟人跟事，跟一身之内的最亲最深的记忆。宗教世界虽也谈永生和来生，但毕竟一切都告一段落，民间信仰中的来生是要先涉过忘川的，一切从此便告一了断。基督教的天堂又偏是没有眼泪的地方——可是眼泪尽管苦涩，属于眼泪的记忆却也是我不忍相舍的啊！生命中最尖锐的疼痛，最无言的苍凉，最疯狂的郁怒，我是一样也舍不得忘记的啊！此外曾经有过的勇往无悔的深情，披沙拣金的知识，以及电光石火的顿悟，当然更是栈栈不忍遽舍的！一只鹭鸶不会预知自己必死的命运，不会有晚景的自伤，更不会为自己体悟出的捉鱼本领要与自身一同消失而怅怅，人类才是那唯一能感知"怨憎会"和"爱别离"之苦的生物啊，只因我们才有爱憎分明的知觉，才有此心历历的判然。

人生的大悲在斤斤于离别之苦，而离别之苦种因于知识，弃圣绝智却又偏是众生做不到的，没有告别彩笔以前的江淹曾写下："黯然销魂者唯别而已矣。"等彩笔绮思一旦被索还，是不是就不必销魂了呢？我是宁可胸中有此大悲凉的，一旦连悲激也平伏消失，岂不更是另一番尤为彻骨的悲酸？

这世上没有什么不是一生一世的，

要做英雄，要做学者，要做诗人，要做情人，

所要付出的代价不多不少，

只是一生一世，只是生死以之。

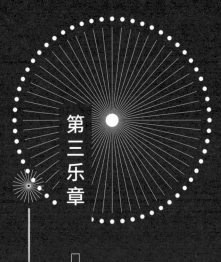

第三乐章

几个答案

一句好话

　　小时候过年，大人总要我们说吉祥话，但碌碌半生，有一天我竟也要教自己的孩子说吉祥话了，才蓦然警觉这世间好话是真有的，令人思之不尽，却不是"升官""发财""添丁"这一类的，好话是什么呢？冬日的晚上，从爆白果的馨香里，我有一句没一句地想起来了。

"你们爱吃肥肉还是瘦肉？"

　　讲故事的是个年轻的女用人，名叫阿密。那一年我八岁，听善忘的她一遍遍重复讲这个她自己觉得非常好听的故事，不免烦腻，故事是这样的：

有个人啦，欠人家钱，一直欠，欠到过年都没有还哩，因为没有钱还嘛。后来那个债主不高兴了，他不甘心，所以到了吃年夜饭的时候，就偷偷跑到欠钱的家里，躲在门口偷听，想知道他是真没有钱还是假没有钱。听到开饭了，那欠钱的说："今年过年，我们来大吃一顿，你们小孩子爱吃肥肉还是瘦肉？"（顺便插一句嘴，这是个老故事，那年头的肥肉瘦肉都是无上美味。）

那债主站在门外，听得清清楚楚，气得要死，心里想：你欠我钱，害我过年不方便，你们自己原来还有肥肉瘦肉拣着吃哩！他一气，就冲进屋里，要当面给他好看。等跑到桌边一看，哪里有肉，只有一碗萝卜一碗番薯，欠钱的人站起来说："没有办法，过年嘛，萝卜就算是肥肉，番薯就算是瘦肉，小孩子嘛！"

原来他们的肥肉就是白白的萝卜，瘦肉就是红红的番薯。他们是真穷啊，债主心软了，钱也不要了，跑回家去过年了。

许多年过去了，这个故事每到吃年夜饭时总会自动回到我的耳畔，分明已是一个不合时宜的老故事，但那个穷父亲的话多么好啊，难关要过，礼仪要守，钱却没有，但只要相恤相存，菜根也自有肥腴厚味吧！

在生命宴席极寒俭的时候，在关隘极窄极难过的时候，我仍要打起精神自己说："喂，你爱吃肥肉还是瘦肉？"

"我喜欢跟你用同一个时间。"

他去欧洲开会，然后转美国，前后两个月才回家。我去机场接他，提醒他说："把你的表拨回来吧，现在要用本地时间了。"

他愣了一下，说："我的表一直是本地时间啊！我根本没有拨过去！"

"那多不方便！"

"也没什么，留着本地的时间我才知道你和小孩在干什么，我才能想象，现在你在吃饭，现在你在睡觉，现在你起来了……我喜欢跟你用同一个时间。"

他说那句话，算来也有十年了，却像一幅挂在门额的绣锦，鲜色的底子历经岁月，却仍然认得出是强旺的火红。我和他，只不过是凡世中，平凡又平凡的男子和女子，注定是没有情节可述的人，但久别乍逢的淡淡一句话里，却也有令我一生惊动不已、感念不尽的恩情。

"好咖啡总是放在热杯子里的！"

经过罗马的时候，一位新识不久的朋友执意要带我们去喝咖啡。

"很好喝的，喝了一辈子难忘！"

我们跟着他东抹西拐、大街小巷地走，石块拼成的街道美丽繁复，走久了，让人会忘记目的地，竟以为自己是出来踏石块的。

忽然，一阵咖啡浓香侵袭过来，不用主人指引，自然知道咖啡店到了。

咖啡放在小白瓷杯里，白瓷很厚，和中国人爱用的薄瓷相比，另有一番稳重笃实的感觉。店里的人都专心品咖啡，心无旁骛。

侍者从一个特殊的保暖器里为我们拿出杯子，我捧在手里，忍不住讶道："咦，这杯子本身就是热的哩！"

侍者转身，微微一躬，说："女士，好咖啡总是放在热杯子里的！"

他的表情既不兴奋，也不骄矜，甚至连广告意味的夸大也没有，只是淡淡地在说一件天经地义的事而已。

是的，好咖啡总是应该斟在热杯子里的，凉杯子会把咖啡带凉了，香气想来就会蚀掉一些，其实好茶好酒不也都如此吗？

原来连"物"也是如此自矜自重的，《庄子》中的好鸟择枝而栖，西洋故事里的宝剑深契石中，等待大英雄来抽拔，都是一番万物的清贵，不肯轻易亵慢了自己。古代的禅师每从喝茶啜粥去感悟众生，不知道罗马街头那端咖啡的侍者也有什么要告诉我的，我多愿自己也是一份千研万磨后的香醇，并且慎重地斟在一只洁白温暖的厚瓷杯里，带动一个美丽的清晨。

"将来我们一起老。"

其实，那天的会议倒是很正经的，仿佛是有关学校的研究和发展之类的。

有位老师，站了起来，说："我们是所新学校，老师进来的时候都一样年轻，将来要老，我们就一起老了……"

我听了，简直是急痛攻心，赶紧别过头去，免得让别人看见我的眼泪——从来没想到原来同事之间的萍水因缘也可以是这样的一生一世啊！学院里平日大家都忙，有的分析草药，有的解剖小狗，有的带学生做手术，有的正埋首典籍……研究范围相差既远，大家都不暇顾及别人，然而在一度一度的后山蝉鸣里，在一阵阵的上课钟声间，在满山台湾相思树芬芳的韵律中，我们终将垂垂老去，一起交出我们的青春而老去。

能为一个学校而老，能跟其他的一时俊彦一起老，能看着一批批的孩子长大而心安理得地去老，也算是一种幸福吧？

"你长大了，要做人了！"

汪老师的家是我读大学的时候就常去的，他们没有子女，我在那里从他读"花间词"，跟着他的笛子唱昆曲，并且还留下来吃温暖的羊肉涮锅……

大学毕业，我做了助教，依旧常去。有一次，为了买不起一本昂价的书便去找老师给我写张名片，想得到一点折扣优待。等名片写好了，我拿来一看，忍不住叫了起来："老师，你写错了，你怎么写'兹介绍同事张晓风'，应该写'学生张晓风'的呀！"

老师把名片接过去，看看我，缓缓地说："我没有写错，你不懂，就是要这样写的。你以前是我的学生，以后私底下也是，但现在我们在一所学校里，你是助教，我是教授，职位等级虽不同却都是教员，我们不是同事是什么？你不要小孩子脾气不改，你现在长大了，要做人了，我把你写成同事是给你做脸，不然老是'学生''学生'的，你哪一天才'成人'？要记得，你长大了，要做人了！"

那天，我拿着老师的名片去买书，得到了满意的折扣，至于省掉了多少钱，我早已忘记，但不能忘记的却是名片背后的那番话。直到那一刻，我才在老师的关爱推重里知道自己是与学者同其尊、与长者同其荣的，我也许看来不"像"老师的同事，却已的确"是"老师的同事了。

　　竟有一句话使我一夕成长。

也是水湄

那条长几就摆在廊上。

廊在卧室之外，负责数点着有一阵没一阵的夜风。

那是四月初次燠热起来的一个晚上，我不安地坐在廊上，十分不甘心那热，仿佛想生气，只觉得春天越来越不负责，就那么风风雨雨闹了一阵，东渲西染地抹了几许颜色，就打算草草了事收场了。

这种闷气，我不知道找谁去发作。

丈夫和孩子都睡了，碗筷睡了，家具睡了，满墙的书睡了，好像大家都认了命，只有我醒着，我不认，我还是不同意。春天不该收场的。可是我又为我的既不能同意又不能不同意而懊丧。

我坐在深褐色的条几上，几在廊上，廊在公寓的顶楼，楼在新生南路的巷子里——似乎每一件事都被什么阴谋规规矩矩地安排好了，可是我清楚知道，我并不在那条几上，正如我规规矩矩背好的身份证上长达十个字的统一编号，背自己的邻里地址和电话，在从小到大的无数表格上填自己的身高、体重、履历、年龄、籍贯和家属——可是，我一直知道，我不在那里头，我是寄身在浪头中的一片白，在一霎眼中消失，但我不是那浪，我是那白，我是纵身在浪中而不属于浪的白。

也许所有的女人全是这样的，像故事里的七仙女或者螺蛳精，守住一个男人，生儿育女，执一柄扫把日复一日地扫那一百四十平方米地，像吴刚或薛西佛那样擦抹永世擦不完的灰尘，煮那像"宗教"也像"道统"不得绝祠的三餐。可是，所有的女人仍然有一件羽衣，锁在箱底。她并不要羽化而去，她只要在启箱检点之际，相信自己曾是有羽的，那就够了。

如此，那夜，我就坐在几上而又不在几上，兀自怔怔地发呆。

报纸和茶绕着我的膝成半圆形，那报纸因为刚分了类，看来竟像一垛垛的砌砖，我恍惚成了俯身古城墙凭高而望的人，高棉在下，越南在下，孟加拉在下，乌干达在下，"暮春三月，江南草长，杂花生树，群莺乱飞"的故土在下……

夜忽然凉了，我起身去寻披肩把自己裹住。

一钵青藤在廊角执意地绿着，我大部分的时间都不肯好好看它，我一直搞不清楚，它到底是委屈的还是悲壮的。

我决定还要坐下去。

是为了跟夜僵持？跟风僵持？抑是跟不明不白就要消失了的暮春僵持？我不知道。我只知道我不要去睡，而且，既不举杯，也不邀月，不跟山对弈，不跟水把臂，只想那样半认真半不认真地坐着，只想感觉到山在水在鸟在林在就好了，只想让冥漠大化万里江山知道有个我在就好了。

我就那样坐着，把长椅坐成了小舟。而四层高的公寓下是连云公园，园中有你纠我缠的榕树，榕树正在涨潮，我被举在绿色的柔浪上，听绿波绿涛拍舷的声音。

于是，渐渐地，我坚持自己听到了"流水绕孤村"的潺湲的声音，真的，你不必告诉我那是巷子外面新生南路上的隆隆车声，车子何尝不可以"车如流水"呢？一切的音乐岂不是在一侧耳之间温柔，一顾首之间庄严的吗？于无弦处听古琴，于无水处赏清音，难道是不可能的吗？

何况，新生南路的前身原是两条美丽的夹堤，柳枝曾在这里垂烟，杜鹃花曾把它开成一条"丝路"——五彩的丝，而我们房子的地基便掘在当年的稻香里。

我固执地相信，那古老的水声仍在，而我，是泊船水湄的舟子。

新生南路，车或南，车或北，轮辙不管是回家，或是出发，深夜行车不论是为名是为利，那也算得是一种足音了。其中某个车子里的某一把青蔬，明天会在某家的餐桌上出现，某个车子里的鸡蛋又会在某个孩子的便当里躺着，某个车中的夜归人明天会写一首诗，让我们流泪，人间的扯牵是如此庸俗而又如此深情，我要好好地听听这种水声。

如果照古文字学者的意思，"湄"字就是"水草交"的意思，是水跟岸之间的亦水亦岸亦草的地方，是那一注横如眼波的水上浅浅青青温温柔柔如一带眉毛的地方。这个字太秀丽，我有时简直不敢轻易出口。

今夜，新生南路仍是圳水，今夜，我是泊舟水湄的舟子。

忽然，我安下心平下气来，春仍在，虽然这已是阴历三月的最后一夜了。正如题诗在壁，壁坏诗消，但其实诗仍在，壁仍在——因为泥仍在。曾经存在过的便不会消失。春天不曾匿迹，它只是更强烈地投身入夏，原来夏竟是更朴实更浑茂的春，正如雨是更细心更舍己的液态的云。

今夜，系舟水湄，我发现，只要有一点情意，我是可以把车声宠成水响，把公寓爱成山色的。

就如此，今夜，我将系舟在也是水湄的地方。

不朽的失眠

——写给没考好的考生

他落榜了！一千两百年前。榜纸那么大那么长，然而，就是没有他的名字。啊！竟单单容不下他的名字，"张继"那两个字。

考中的人，姓名一笔一画写在榜单上，天下皆知。奇怪的是，在他的感觉里，考不上，才更是天下皆知，这件事，令他羞惭沮丧。

离开京城吧！议好了价，他踏上小舟。本来预期的情节不是这样的，本来也许有插花游街、马蹄轻疾的风流，有衣锦还乡、袍笏加身的荣耀。然而，寒窗十年，虽有他的悬梁刺股，琼林宴上，却并没有他的一角席次。

船行似风。

江枫如火，在岸上举着冷冷的燔焰，这天黄昏，船，来到了苏州。但，这美丽的古城，对张继而言，也无非是另一个触动愁情的地方。

如果说白天有什么该做的事，对一个读书人而言，就是读书吧！夜晚呢？夜晚该睡觉以便养足精神第二天再读。然而，今夜是一个忧伤的夜晚。今夜，在异乡，在江畔，在秋冷雁高的季节，容许一个落魄的士子放肆他的忧伤。江水，可以无限度地收纳古往今来一切不顺遂之人的泪水。

这样的夜晚，残酷地坐着，亲自听自己的心正被什么东西啮食而一分一分消失的声音。并且眼睁睁地看自己的生命如劲风中的残灯，所有的力气都花在抗拒，油快尽了，微火每一刹那都可能熄灭。然而，可恨的是，终其一生，它都不曾华美灿烂过啊！

江水睡了，船睡了，船家睡了，岸上的人也睡了。唯有他，张继，醒着，夜愈深，愈清醒，清醒如败叶落余的枯树，似梁燕飞去的空巢。

起先，是睡眠排拒了他（也罢，这半生，不是处处都遭排拒吗？），而后，是他在赌气，好，无眠就无眠，长夜独醒，就干脆彻底来为自己验伤，有何不可？

月亮西斜了，一副意兴阑珊的样子。有鸟啼，粗嘎嘶哑，是乌鸦。那月亮被它一声声叫得更黯淡了。江岸上，想已霜结千草。夜空里，星子亦如清霜，一粒粒冷绝凄绝。

在鬓角在眉梢，他感觉，似乎也森然生凉，那阴阴不怀好意的凉气啊，正等待凝成早秋的霜花，来贴缀他惨绿少年的容颜。

江上渔火二三,他们在干什么?在捕鱼吧?或者,虾?他们也会有撒空网的时候吗?世路艰辛啊!即使潇洒的捕鱼人,也不免投身在风波里吧?

然而,能辛苦工作,也是一项幸福吧!今夜,月自光其光,霜自冷其冷,安心的人在安眠,工作的人去工作。只有我张继,是天不管地不收的一个,是既没有权利去工作,也没福气去睡眠的一个……

钟声响了,这奇怪的深夜的寒山寺钟声。一般寺庙,都是暮鼓晨钟,寒山寺却敲"夜半钟",用以警世。钟声贴着水面传来,在别人,那声音只是睡梦中模糊的衬底音乐。在他,却一记一记都撞击在心坎上,正中要害。钟声那么美丽,但钟自己到底是痛还是不痛呢?

既然无眠,他推枕而起,摸黑写下"枫桥夜泊"四字。然后,就把其余二十八个字照抄下来。我说"照抄",是因为那二十八个字在他心底已像白墙上的黑字一样分明凸显:

月落乌啼霜满天,
江枫渔火对愁眠。
姑苏城外寒山寺,
夜半钟声到客船。

感谢上苍,如果没有落第的张继,诗的历史上便少了一首好诗，我们的某一种心情，就没有人来为我们一语道破。

一千两百年过去了，那张长长的榜单上（就是张继挤不进的那纸金榜）曾经出现过的状元是谁？哈！谁管他是谁？真正被记得的名字是"落第者张继"。有人会记得那一届状元披红游街的盛景吗？不！我们只记得秋夜的客船上那个失意的人，以及他那场不朽的失眠。

立志把自己惯坏

啊！想来想去

如果要给一九九六立个新志向

可也大费周章

譬如说，当"总统"就万万使不得

（喂！说脏话也该"限级脏"）

而"两岸停火"的信用卡，

也并不等我去签账

"地球球长"的位子至今虽然空着

但基于我一向不太满意这枚混球的形状……

（我是保守党，喜欢传统的天圆地方）

于是我毅然定下了"年度业绩新主张"

从今天起，立志把自己惯坏

让劣迹败行一一纲举目张

喂眼睛一滴青山，犒耳朵几排海浪

筹诗为赎款，就可以赎回灵魂

免得它在当铺里流了当

玩一块琥珀，有如虎符在握，可以令时光转场

让你从事八千年前的饭后散步，牵着宠物长毛象

桀纣才须戒酒，以成就圣君贤相

其他凡人则不妨，反正手上并没有一个国可以亡

下酒，以苦味的马勒

零嘴，《圣教序》里有褚遂良

啊！上天，请帮帮忙

助我辈把自己惯坏，并且坏得个有模有样

后记

这首诗，原是新年期间写给自己把玩的，本来并不打算发表，直到发生了如下的情节：

三月里，我折了一位朋友，朋友姓邝，自高中就同学，联考又凑巧考进同一所大学，也算有缘。当年班上我和她年次比人家晚，而她月份又比我小，所以算起来她是全班最小的了。最小的人却遽然撒手，实在令人气愤，此人也太不懂

游戏规则了。

她平生是完美主义者，订婚典礼上的缎子礼服我至今记得。她大眼纤腰，算是个小美人，办起事来尽心竭力，简直是永远的模范生。

就连生病，她也模范极了，几次乳癌手术，她从未丧志，一会儿自家种起健康蔬菜来，一会儿赴大陆学气功，术后复健更是努力不懈。这样的人也会死，真想找谁吵他一架！

连死，她也死得模范。她悄悄地捐赠了遗体，也不发讣。灵堂上只见白色姬百合，一一皆仿佛她皎洁的化身，芳香不染一尘。后事，一笔笔她都交代清楚，正像她的本行——会计，她把人生这本账，对得一丝不差。

然而，又怎样呢？"这个故事给我的教训是……"啊！我回家再看看自己的歪诗，原来只打算劝自己使坏，现在想想，也不妨劝天下人都不要过分善良。那些自约自敛的好人都活不长的，大家一起努力把自己稍稍宠坏一点吧！

我因此发表了这篇自惕自励之作，期与天下人共勉。

买橘子的两种方法

巷口有人在卖桶柑，我看了十分欢喜，一口气买了三斤，提回家来。如果不是因为书重，我还想买很多。那时，我刚结婚不久。

桶柑个头小，貌不惊人，但仔细看，其皮质光灿，吃起来则芳醇香甘，是柑橘类里我最喜欢的一种。何况今天我碰上的这批货似乎刚采撷不久，叶子碧绿坚挺，皮色的"金"和叶色的"碧"互相映衬，也算是一种"金碧辉煌"。我提着这一袋"金碧辉煌"回家，心中喜不自胜。

回到家，才愕然发现，公公也买了一袋同样的桶柑。他似乎没有发现我手上的水果，只高高兴兴地对我说："我今天看到有人在卖这种蜜柑，还不错，我就买了——你知道吗？买这种橘子，要注意，要拣没有梗、没有叶的来买。你想，梗是多么重啊！如果每个橘子都带梗带叶，买个两三斤，就等于少买了一个橘子了，那才划不来。"

我愣了一下，笑笑，没说什么。原因是，我买的每一个橘子都带梗带叶。而且，我又专爱挑叶子极多的那种来买。对我而言，买这橘子一半是为嘴巴，一半是为眼睛。我爱那些绿叶，我觉得卖柑者把一部分的橘子园也借着那些叶片搬下山来了。买桶柑而附带买叶子，使我这个"台北市人"能稍稍碰触一下那种令人渴想得发狂的田园梦。

而公公那一代却是从贫穷边缘挣扎出来的，对他来说，如果避开枝叶就可以为家人争取到多一枚的橘子，实在是开心至极的事。他把这"买橘秘诀"传授给我，其实是好意地示我以持家之道。公公平日待人其实很宽厚，他在小处扣省，也无非是守着传统的节俭美德。

我知道公公是对的，但我知道自己也没有错。

公公只要买橘子，我要的却更多。我如果把我买的那种橘子盛在家中一只精美的竹箩筐里，并放在廊下，就可以变成室内设计的一部分。而这种美的喜悦令人进进出出之际恍然误以为自己在柑橘园收成。对我而言那几片小叶子比花还美，而花极贵，岂容论斤秤买？我把我买的叶子当插花看待，便自觉是极占便宜的一种交易。

而这个世界上，我们总是不断碰到"我对他也对"的局面。那一天，我悄悄把自己买的带叶桶柑拎进自己的卧房。对长辈，辩论对错是没有什么意义的。

许多年过去了，公公依然用他的方法买无叶橘子。而我，也用我的方法买有叶橘子。他的橘子，我嫌它光秃秃的不好看，但我知道那无损于公公忠悫简朴的善良本性。他的买橘方法和我的一样值得尊崇敬重。

一个女人的爱情观

忽然发现自己的爱情观很土气，忍不住自笑了起来。

对我而言，爱一个人就是满心满意要跟他一起"过日子"，天地鸿蒙荒凉，我们不能妄想把自己扩充为六合八方的空间，只希望以彼此的火烬把属于两人的一世时间填满。

客居岁月，暮色里归来，看见有人当街亲热，竟也视若无睹，但每看到一对人手牵手提着一把青菜一条鱼从菜场走出来，一颗心就忍不住恻恻地痛了起来，一蔬一饭里的天长地久原是如此味永难言啊！相拥的那一对也许今晚就分手，但一鼎一镬里却有其朝朝暮暮的恩情啊！

爱一个人原来就只是在冰箱里为他留一只苹果，并且等他归来。

爱一个人就是在寒冷的夜里不断在他的杯子里斟上刚沸

的热水。

爱一个人就是喜欢两人一起收尽桌上的残肴，并且听他在水槽里刷碗的音乐——事后再偷偷把他不曾洗干净的地方重洗一遍。

爱一个人就有权利霸道地说："不要穿那件衣服，难看死了。穿这件，这是我新给你买的。"

爱一个人就是一本正经地催他去工作，却又忍不住躲在他身后想捣几次小小的蛋。

爱一个人就是在拨通电话时忽然不知道要说什么，才知道原来只是想听听那熟悉的声音，原来真正想拨通的，只是自己心底的一根弦。

爱一个人就是把他的信藏在皮包里，一日拿出来看几回、哭几回、痴想几回。

爱一个人就是在他迟归时想上一千种坏可能，在想象中经历万般劫难，发誓等他回来要好好罚他，一旦见面却又什么都忘了。

爱一个人就是在众人暗骂："讨厌！谁在咳嗽！"你却急道："唉，唉，他这人就是记性坏啊，我该买一瓶川贝枇杷膏放在他的背包里的！"

爱一个人就是上一刻钟想把美丽的恋情像冬季的松鼠秘藏坚果一般，将之一一放在最隐秘最安妥的树洞里，下一刻钟却又想告诉全世界这骄傲自豪的消息。

爱一个人就是在他的头衔、地位、学历、经历、善行、劣迹之外，看出真正的他不过是个孩子——好孩子或坏孩子——所以疼了他。

也因此，爱一个人就喜欢听他儿时的故事，喜欢听他有几次大难不死，听他如何淘气惹厌，怎样善于玩弹珠或打"水漂漂"，爱一个人就是忍不住替他记住了许多往事。

爱一个人就不免希望自己更美丽，希望自己被记得，希望自己的容颜体貌在极盛时于对方如霞光过目，永不相忘，即使在繁花谢树的残冬，也有一个人沉如历史典册的瞳仁可以见证你的华彩。

爱一个人总会不厌其烦地问些或回答些傻问题，例如："如果我老了，你还爱我吗？""爱。""我的牙都掉光了呢？""我吻你的牙床！"

爱一个人便忍不住迷上那首《白发吟》：

> 亲爱，我年已渐老
> 白发如霜银光耀
> 唯你永是我爱人
> 永远美丽又温柔
> ……

爱一个人常是一串奇怪的矛盾，你会依他如父，却又怜他如子；尊他如兄，又复宠他如弟；想师事他，跟他学，却又想教导他，把他俘虏成自己的徒弟；亲他如友，又复气他如仇；希望成为他的女皇，他唯一的女主人，却又甘心做他的小丫鬟、小女奴。

爱一个人会使人变得俗气，你不断地想：晚餐该吃牛舌好呢，还是猪舌？蔬菜该买大白菜呢，还是小白菜？房子该买在三张犁呢，还是六张犁？而终于在这份世俗里，你了解了众生，你参与了自古以来匹夫匹妇的微不足道的喜悦与悲辛，然后你发觉这世上有超乎雅俗之上的情境，正如日光超越调色盘上的色样。

爱一个人就是喜欢和他拥有现在，却又追忆着和他在一起的过去。喜欢听他说，那一年他怎样偷偷喜欢你，远远地凝望着你。爱一个人又总期望着未来，想到地老天荒的他年。

爱一个人便是小别时带走他的吻痕，如同一幅画，带着鉴赏者的朱印。

爱一个人就是横下心来，把自己小小的赌本跟他合起来，向生命的大轮盘去下一番赌注。

爱一个人就是让那人的名字在临终之际成为你双唇间最后的音乐。

爱一个人，就不免生出共同的、霸占的欲望。想认识他的朋友，想了解他的事业，想知道他的梦。希望共有一张餐桌，愿意同用一双筷子，喜欢轮饮一杯茶，合穿一件衣，并且同衾共枕，奔赴一个命运，共寝一个墓穴。

前两天，整理房间时，理出一只提袋，上面赫然写着"××孕妇服装中心"，我愕然许久，既然这房子只我一人住，这只手提袋当然是我的了，可是，我何曾跑到孕妇店去买衣服？于是不甘心地坐下来想，想了许久，终于想出来了。我那天曾去买一件斗篷式的土褐色短褛，便是用这只绿色袋子提回来的，我是的确闯到孕妇店去买衣服了。细想起来那家店的模特儿似乎都穿着孕妇装，我好像正是被那种美丽沉甸的繁殖喜悦所吸引而走进去的。这样说来，原来我买的那件宽松适意的斗篷式短褛竟真是给孕妇设计的。

这里面有什么心理分析吗？是不是我一直追忆着怀孕时强烈的酸苦和欣喜而情不自禁地又去买了一件那样的衣服呢？想多年前冬夜独起，灯下乳儿的寒冷和温暖便一下子涌回心头，小儿吮乳的时候，你多么希望自己的生命就此为他竭泽啊！

对我而言，爱一个人，就不免想跟他生一窝孩子。

当然，这世上也有人无法生育，那么，就让共同作育的学生，共同经营的事业，共同爱过的子侄晚辈，共同谱成的生活之歌，共同写完的生命之书来做他们的孩子。

也许还有更多更多可以说的，正如此刻，爱情对我的意义是终夜守在一盏灯旁，听车声退潮再复涨潮，看淡紫的天光愈来愈明亮，凝视两人共同凝视过的长窗外的水波，在矛盾的凄凉和欢喜里，在知足感恩和渴切不足里细细体会一条河的韵律，并且写一篇叫"爱情观"的文章。

有求不应和未求已应

二

香港有间庙，叫黄大仙，香火一向鼎盛，原因很简单，据说此庙是"有求必应"的。人生是如此繁难多灾，急待解决的问题是如此千头万绪，找个"有求必应"的靠山来仰仗一下，事情便过关了，这样的黄大仙怎能不受欢迎呢？

黄大仙一度也随着移民潮去了加拿大，不料水土不服，法力骤减，善男信女，也只能徒呼奈何。

华人似乎有其自设的对神明的检验标准，华人现实，所以规定神明应该乖乖地"有求必应"，它是"超级仆人"，它有义务把我们的梦想一一付诸实现。

二

然而，对我而言，回顾走过的路，如果我有什么可以感谢上苍的，恐怕不在于某些祈祷曾蒙垂听，而是在于某些祈祷始终不蒙成全。

过年了，我们祝福别人"心想事成"。那么，有没有人肯相信"心想事不成"，也可能是一项更大的祝福呢？

年少的时候，一个柔发及肩的女子或一个黑睛凝静的男子，都能令我们目眩神迷、魂不守舍，但那人却始终没有发现你的那把幽埋在心底深处的熔岩一般的恋火。你祈祷，你哀告，你流泪，你说："让那人看见我吧！让那人钟情我吧！"

然而，神明不理你，天地也麻木漠然，没有一点同情。你哀婉欲死，事情就这样结束了，可是，二十年后，你又看见那人，那人风华已老，谈吐无趣，那人身旁的配偶也伧俗黯败。你惊讶万分，原来那人并不出色，原来当年上苍不曾俯听你的祈求是一项极为仁慈的安排。你其实另有仙侣，你原来命中注定要跟更好的人生出更好的孩子，你所渴想的虽不曾"心想事成"，但事情却发展得更好，超乎我们的祈求和梦想。

三

还有，你诅咒过人吗？

"去死！去死！早死早干净！"你曾经恶狠狠地这样说过吗？

这种诅咒有时矛头也会翻转过来针对自己："我巴不得我死掉才好！"

为了表示心意坚决，你说得一字字铮然有声，如铁石相击，并且火花四射。

碰到这种时候，如果有位新上任的笨笨的天使听到了"我的志愿"（这个中学时代常见的作文题目），于是立刻开恩为你成就了。天哪！那么你我周围真不知要枉死多少人了！其中包括老板、上司、总统或部长、行骗的商家、出轨的情人、可恨的竞争对手、讨厌的同事、对你性骚扰的人，以及至亲如兄弟姊妹夫妻子女的人……当然，很可能也包括你我自己。真不敢想象那种横尸遍野的惨象。

好在上帝很懂语意学（Semantics），众天使也多半经验老到，不至让你我的恶心妄念"心想事成"。想来老天使大概常常告诫小天使："千万注意哦！如果你听到诅咒人死的祈愿，千万别当真啦！那只代表说话的人自己气疯了。别管他，等等就好了。你如果真照着世人一时的祈望为甲杀乙，为乙杀丙，那么全世界的人不出三天全部都死光光了，这样，我们天使岂不要集体失业了？反正，大家都不免是别人恨之入骨的人。人类成天不是你恨我，便是我恨他，我们天使不必再插一脚。世人虽坏，但也没坏到该全体灭种的程度，所以，就让他们心想事不成好了。"

对，好在"心想事不成"。啊，在我还没有成为纯洁无瑕的圣人之前，在贪念痴迷和愚妄仍是我主要本质的时候，上帝，求你务必不要成全我无知的要求或诅咒吧！

是的，我祈求财富，你不给我，你说，整个城市的人都在俭俭省省、巴巴结结，量入为出，你有什么权利要求锦衣玉食、挥金如土？财富是一种厄运，你会因而从常民的生活中被判出局。你会从此听不懂好些贫苦兄弟姊妹的告白。想想看，你虽不富，但一副不必背着黄金宝囊的肩膀是多么轻省啊！

我祈望绝世的美丽，奇迹并没有发生，你说，如果蜜蜂没有索取金冠，蚂蚁没有祷求珠履，你又何需湖水般的澄目或花瓣似的红唇呢？一双眼，只要读得懂人间疾苦，也就够了吧？两片唇，只要能轻轻吟出自己心爱的古老诗句，也就够了吧？

我向往聪明，我梦想自己是天纵之才，但你背过脸去，对我的陈述不予理会。你说："孩子，我爱你，我何忍把这么锋刃的利剑给你？你会因而皮破血流，筋断脉绝的。你就用你那一点点小才干去努力、去困顿、去撞头、去验证吧！你在百思不辨、千思不解之余收获的心得，其实反而更能和世人对话。才高八斗之人如万丈瀑布，壮观虽壮观，其下却难于汲水。你就安心做一注小小山泉，涓滴不绝，可鉴可饮，不是也很好吗？"

"可不可以给我一张玫瑰花瓣堆叠的芳香软床？"

"我搞不懂你要那么奇怪的东西来干什么？"你说，"但我会给你甜美如一坛陈年冬蜜的凝定睡眠。"

"赠我红宝石的坠子，让我的颈项因而华美璀璨！"

"偏不，"你说，"但我会让你家南面阳台的蝴蝶兰今年春天开出艳紫的云霞！"

"让我全然健康，无病无痛，这一点，总不算要求过分吧？"

"不，"你说，"我赐你友谊，你和你的朋友会因同病而相怜，且相恤相濡。"

四

美国诗人弗罗斯特曾有一首诗，谈及森林中有两条小路，他选择了一条，却不免好奇，如果踏上的是另一条路呢？会有更迷人的风景吗？会有更平坦的地面吗？会有更柔软厚实的落叶吗？会有更响彻云霄的鸟鸣或更为柔和芬芳的清风吗？

啊！我为我自己走过的路感谢，我也为我糊里糊涂踏上的另一条路而感谢。感谢我那些小小的心愿和祈祷，在一路行来之际曾蒙垂听成全，更感谢那些未蒙应允的夙愿。原来"心想事不成"也是好事一桩，原来"有求不应"也大可以另起佳境。原来另一条路有可能是更好的路，虽然是被逼着走上去的。

唐人张谓有句这样的诗："看花寻径远，听鸟入林迷。"人生的途程不也如此吗？每一条规划好的道路、每一个经纬坐标明确固定的位置，如果依着手册的指示而到达了固然可羡可慕，但那些"未求已应"的恩惠更令人惊艳。那被嘤嘤鸟鸣所引渡而到达的迷离幻域，那因一朵花的呼唤而误闯的桃源，才是上天更慷慨的福泽的倾注。

曾经，我急于用我的小手向生命的大掌中掏取一粒粒耀眼的珍宝，但珍宝乍然消失，我抓不到我想要的东西。可是，也在这同时，我知道我被那温暖的大手握住了。手里没有东西，只有那双手掌而已，那掌心温暖厚实安妥，是"未求已应"的生命的触握。

卓文君和她的一文铜钱

下午的阳光意外地和暖，在多烟多嶂的蜀地，这样的冬日也算难得了。

药香微微，炉火上氤氲着朦胧的白雾。那男子午寐未醒，一只小狗偎着白发妇人的脚边打盹。

这么静。

妇人望着榻上的男子，这个被"消渴之疾"所苦的老汉（按：古人称糖尿病为消渴之疾），他的手脚细瘦，肤色黯败，她用目光爱抚那衰残的躯体。

一生了，一生之久啊！

"这男人是谁呢？"老妇人卓文君支颐倾视自问。

记忆里不曾有这样一副面孔，他的额发已秃，颈项上叠着像骆驼一般的赘皮。他不像当年的才子司马相如，倒像司马相如的父亲或祖父。年轻时候的司马虽非美男子，但肌肤坚实，顾盼生姿，能将一把琴弹得曲折多情如一腔幽肠。他又善剑，琴声中每有剑风的清扬袅健。又仿佛那琴并不是什么人制造的什么乐器，每根琴弦，一一都如他指尖泻下的寒泉翠瀑，玲玲琮琮，淌不完的高山流水，谷烟壑云。

犹记得那个遥远的长夜，她新寡，他的琴声传来，如荷花的花苞在中宵柔缓拆放，弹指间，一池香瓣已灿然如万千火苗。

她选择了那琴声，冒险跟随了那琴声，从父亲卓王孙的家中逃逸。从此她放弃了仆从如云、挥金如土的生涯。她不觉乍贫，狂喜中反觉乍富，和司马长卿相守，仿佛与一篇繁富典丽的汉赋相厮缠，每一句，每一逗，都华艳难踪。

啊，她永远记得的是那倜傥不群的男子，那用最典赡的句子记录了一代大汉盛世的人——如果长卿注定是记录汉王朝的人，她便是打算用记忆来网络这男子一生的人。

而这男子，如今老病垂垂，这人就是那人吗？有什么人将他偷换了吗？卓文君小心地提起药罐，把药汁滤在白瓷碗里，还太烫，等一下再叫他起来喝。

当年，在临邛，一场私奔后，她和爱胡闹的长卿一同开起酒肆来。他们一同为客人沽酒、烫酒，洗杯盏，长卿穿起工人裤，别有一种俏皮。开酒肆真好，当月光映在酒卮里，实在是世间最美丽的景象啊！可惜酒肆在父亲的反对下强迫关了，父亲觉得千金小姐卖酒是可耻的。唉！父亲却从来不知卖酒是那么好玩的事啊！酒肆中觥筹交错，众声喧哗，糟曲的暖香中无人不醉——不是酒让他们醉，而是前来要买它一醉的心念令他们醉。

想着，她站起来，走到衣箱前，掀了盖，掏摸出一枚铜钱，钱虽旧了，却还晶亮。她小心地把铜钱在衣角拭了拭，放在手中把玩起来。

这是她当年开酒肆卖出第一杯酒的酒钱。对她而言，这一钱胜过万贯家财。这一枚钱一直是她的秘密，父亲不知，丈夫不知，子女亦不知。珍藏这一枚钱其实是珍藏年少时那段快乐的私奔岁月。能和当代笔力最健的才子在一个垆前卖酒，这是多么兴奋又多么扎实的日子啊！满室酒香中盈耳的总是歌，迎面的都是笑，这枚钱上仿佛仍留着当年的声纹，如同冬日结冰的池塘长留着夏夜蛙声的记忆。

酒肆遵父命关门的那天，卓王孙送来仆人和金钱。于是，她知道，这一切逾轨的快乐都结束了。从此她仍将是富贵人家的妻子，而她的夫婿会挟着金钱去交游，去进入上流社会，会以文字干禄。然后，他会如当年所期望的，乘"高车驷马"走过升仙桥。然后，像大多数得意的男子那样，娶妾。他不再是一个以琴挑情的情人。

事情后来的发展果真一如她所料，有了功名以后，长卿一度想娶一位茂陵女子为妾（啊！身为蜀人，他竟已不再爱蜀女，他想娶的，居然是京城附近的女子），文君用一首《白头吟》挽回了自己的婚姻——对，挽回了婚姻，但不是爱情。

皑如山上雪 皎若云间月

闻君有两意 故来相决绝

……

凄凄复凄凄 嫁娶不须啼

愿得一心人 白头不相离

……

"一心人"？世上有那一心一意的男人吗？

药凉了，可以喝了，她打算叫醒长卿，并且下定决心继续爱他。不，其实不是爱他，而是爱属于她自己的那份爱！眼前这衰朽的形体，昏眊的老眼，分明已一无可爱，但她坚持，坚持忠贞于多年前自己爱过的那份爱。

把铜钱放回衣箱一角，下午的日光已翳翳然，卓文君整发敛容，轻声唤道：

"长卿，起来，药，熬好了。"

你不能要求简单的答案

年轻人啊，你问我说："你是怎样学会写作的？"

我说："你的问题不对，我还没有'学会'写作，我仍然在'学'写作。"

你让步了，说："好吧，请告诉我，你是怎么学写作的？"

这一次，你的问题没有错误，我的答案却仍然迟迟不知如何出手，并非我自秘不宣——但是，请想一想，如果你去问一位老兵："请告诉我，你是如何学打仗的？"

——请相信我，你所能获得的答案绝对和"驾车十要"或"电脑入门"不同。有些事无法做简单的回答，一个老兵之所以成为老兵，故事很可能要从他十三岁那年和弟弟一齐用门板扛着被日本人炸死的爹娘去埋葬开始，那里有其一生的悲愤郁结，有整个中国近代史的沉痛、伟大和荒谬。不，你不能要求简单的答案，你不能要一个老兵用明白扼要的字眼在你的问卷上做填充题，他不回答则已，如果回答，就必须连着他一生的故事。你必须同时知道他全身的伤疤，知道他的胃溃疡，知道他五十年来朝朝暮暮的豪情与酸楚……

年轻人啊，你真要问我跟写作有关的事吗？我要说的也是：除非，我不回答你，要回答，其实也不免要夹上一生啊（虽然一生并未过完）！一生的受苦和欢悦，一生的痴意和决绝忍情，一生的有所得和有所舍。写作这件事无从简单回答，你等于要求我向你述说一生。

两岁半，年轻的五姨教我唱歌，唱着唱着，就哭了，那歌词是这样的："小白菜呀，地里黄呀，三岁两岁，没有娘呀……生个弟弟，比我强呀，弟弟吃面，我喝汤呀……"

我平日少哭，一哭不免惊动妈妈，五姨也慌了，两人追问之下，我哽咽地说出原因："好可怜啊，那小白菜，晚娘只给她喝汤，喝汤怎么能喝饱呢？"

这事后来成为家族笑话，常常被母亲拿来复述。我当日大概因为小，对孤儿处境不甚了然，同情的重点全在"弟弟吃面她喝汤"的层面上，但就这一点，后来我细想之下，才发现已是"写作人"的根本。人人岂能皆成孤儿而后写孤儿？听孤儿的故事，便放声而哭的孩子，也许是比较可以执笔的吧。我当日尚无弟妹，在家中娇宠恣纵，就算逃难，也绝对不肯坐入挑筐。挑筐因一位挑夫可挑前后两箩筐，所以比较便宜。千山迢递，我却只肯坐两人合抬的轿子，也算是一个不乖的小孩了。日后没有变坏，大概全靠那点善于与人认同的性格。所谓"常抱心头一点春，须知世上苦人多"的心情，恐怕是比学问、见解更为重要的，人之所以为人的本源。当然它也同时是写作的本源。

七岁，到了柳州，便在那里读小学三年级。读了些什么，一概忘了，只记得那是一座多山多水的城，好吃的柚子堆在桥的两侧卖。桥在河上，河在美丽的土地上。整个逃离的途程竟像一场旅行。听爸爸一面算计一面说："你已经走了大半个中国啦，从前的人，一生一世也走不了这许多路的。"小小年纪，当时心中也不免陡生豪情侠意。火车在山间蜿蜒，血红的山踯躅开得满眼，小站上有人用小沙甑焖了香肠饭在卖，好吃得令人一世难忘。整个中国的大苦难我并不了然，知道的只是火车穿花而行，轮船破碧疾走，一路懵懵懂懂南行到广州，仿佛也只为到水畔去看珠江大桥，到中山公园去看大象和成天降下祥云千朵的木棉树……

那一番大播迁有多少生离死别，我却因幼小只见山河的壮阔，千里万里的异风异俗，某一夜的山月，某一春的桃林，某一女孩的歌声，某一城垛的黄昏，大人在忧思中不及一见的景致，我却一一铭记在心，乃至一饭一蔬一果，竟也多半不忘。古老民间传说中的天机，每每为童子见到，大约就是因为大人易为思虑所蔽。我当日因为浑然无知，反而直窥入山水的一片清机。山水至今仍是那一砚浓色的墨汁，常容我的笔有所汲饮。

小学三年级，写日记是一件很痛苦的回忆。用毛笔，握紧了写（因为母亲常绕到我背后偷抽毛笔，如果被抽走了，就算握笔不牢，不合格），七岁的我，哪有什么可写的情节，只好对着墨盒把自己的日子从早到晚一遍遍地再想过。其实，等我长大，真的执笔为文，才发现所写的散文，基本上也类乎日记。也许不是"日记"而是"生记"，是一生的记录。一般的人，只有幸"活一生"，而创作的人，却能"活二生"。第一度的生活是生活本身；第二度则是运用思想再追回它一遍，强迫它复现一遍。萎谢的花不能再艳，磨成粉的石头不能重坚，写作者却能像呼唤亡魂一般把既往的生命唤回，让它有第二次的演出机缘。人类创造文学，想来，目的也即在此吧？我觉得写作是一种无限丰盈的事业，仿佛别人的卷筒里填塞的是一份冰淇淋，而我的，是双份，是假日里买一送一的双份冰淇淋，丰盈满溢。

也许应该感谢小学老师的，当时为了写日记把日子一寸寸回想再回想的习惯，帮助我有一个内省的深思的人生。而常常偷来抽笔的母亲，也教会我一件事：不握笔则已，要握，就紧紧地握住，对每一个字负责。

八岁以后，日子变得诡异起来，外婆猝死于心脏病。她一向疼我，但我想起她来却只记得她拿一根筷子，一片制钱，用棉花自己捻线来用。外婆从小出身富贵之家，却勤俭得像没隔宿之粮的人。其实五岁那年，我已初识死亡，一向带我的用人因肺炎而死。不知是几"七"，家门口铺上炉灰，等着看他的亡魂回不回来，铺炉灰是为了检查他的脚印。我至今几乎还能记起当时的惧怖以及午夜时分一声声凄厉的狗号。外婆的死，再一次把死亡的剧痛和荒谬呈现给我，我们折着金箔，把它吹成元宝的样子，火光中，我不明白一个人为什么可以如此彻底消失了？葬礼的场面奇异诡秘，"死亡"一直是令我恐惧乱怖的主题——我不知该如何面对它。我想，如果没有意识到死亡，人类不会有文学和艺术。我所说的"死亡"，其实是广义的，如即聚即散的白云，旋开旋灭的浪花，一张年头鲜艳年尾破败的年画，或是一支心爱的自来水笔，终成破敝。

文学对我而言，一直是那个挽回的"手势"。果真能挽回吗？大概不能吧。但至少那是个依恋的手势，强烈的手势，照中国人的说法，则是个天地鬼神亦不免为之愀然色变的手势。

读五年级的时候，有个陈老师很奇怪地要我们几个同学来组织一个"绿野"文艺社。我说"奇怪"，是因为他不知是有意还是无意的，竟然丝毫不拿我们当小孩子看待。他要我们编月刊；要我们在运动会里做记者并印发快报；他要我们写朗诵诗，并且上台表演；他要我们写剧本，而且自导自演。我们在校运会中挂着记者条子跑来跑去的时候，全然忘了自己是个孩子，满以为自己真是个记者了，现在回头去看才觉好笑。我如今也教书，很不容易把学生看作成人，当初陈老师真了不起，他给我们的虽然只是信任而不是赞美，但也够了。我仍记得白底红字的油印刊物印出来之后，我们去一一分派的喜悦。

我间接认识一个名叫安娜的女孩，据说她也爱诗。她要过生日的时候，我打算送她一本《徐志摩诗集》。那一年我初三，零用钱是没有的，钱的来源必须靠"意外"，要买一本十元左右的书因而是件大事。于是我盘算又盘算，决定一物两用。我打算早一个月买来，小心地读，读完了，还可以完好如新地送给她。不料一读之后就舍不得了，而霸占礼物也说不过去，想来想去，只好动手来抄，把喜欢的诗抄下来。这种事，古人常做，复印机发明以后就渐成绝响了。但不可解的是，抄完诗集以后的我整个和抄书以前的我不一样了。把书送掉的时候，我竟然觉得送出去的只是形体，一切的精华早为我所吸取。这以后我欲罢不能地抄起书来，例如：向老师借来的冰心的《寄小读者》，或者其他散文、诗、小说，都小心地抄在活页纸上。感谢贫穷，感谢匮乏，使我懂得珍惜，我至今仍深信最好的文学资源是来自双目也来自腕底。古代僧人每每刺血抄经，刺血也许不必，但一字一句抄写的经验却是不应该被取代的享受。仿佛玩玉的人，光看玉是不够的，还要放在手上抚触，行家叫"盘玉"。中国文字也充满触觉性，必须一个个放在纸上重新描摹——如果可能，加上吟哦会更好，它的听觉和视觉会一时复苏起来，活力弥弥。当此之际，文字如果写的是花，则枝枝叶叶芬芳可攀；如果写的是骏马，则嘶声在耳，鞍辔光鲜，真可一跃而去。我的少年时代没有电视，没有电动玩具，但我反而因此可以看见希腊神话中赛克公主的绝世美貌，黄河冰川上的千古诗魂……

读我能借到的一切书，买我能买到的一切书，抄录我能抄录的一切片段。

刘邦和项羽看见秦始皇出游，便跃跃然有"我也能当皇帝"的念头，我只是在看到一篇好诗好文的时候有"让我也试一下"的冲动。这样一来，只有对不起国文老师了。每每放了学，我穿过密生的大树，时而停下来看一眼枝丫间乱跳的松鼠，一直跑到国文老师的宿舍，递上一首新诗或一阕词，然后怀着等待开奖的心情，第二天再去老师那里听讲评。我平生颇有"老师缘"，回想起来皆非我善于撒娇或逢迎，而在于我老是"找老师的麻烦"。我一向是个麻烦特多的孩子，人家两堂作文课写一篇五百字的"双十节感言"交差了事，我却抱着本子从上课写到下课，写到放学，写到回家，写到天亮，把一个本子全写完了，写出一篇小说来。老师虽一再被我烦得要死，却也对我终生不忘了。少年之可贵，大约便在于胆敢理直气壮地去麻烦师长，即便有老天爷坐在对面，我也敢连问七八个疑难（经此一番折腾，想来，老天爷也忘不了我），为文之道其实也就是为人之道吧？能坦然求索的人必有所获，那种渴切直言的探求，任谁都要稍稍感动让步的吧？

你在信上问我，老是投稿，而又老是遭人退稿，心都灰了，怎么办？

你知道我想怎样回答你吗？如果此刻你站在我面前，如果你真肯接受，我最诚实最直接的回答便是一阵仰天大笑："啊！哈——哈——哈——哈——哈！……"

笑什么呢？其实我可以找到不少"现成话"来塞给你作标准答案，诸如"勿气馁"啦，"不懈志"啦，"再接再厉"啦，"失败为成功之母"啦，可是，那不是我想讲。我想讲的，其实就只是一阵狂笑！

一阵狂笑是笑什么呢？笑你的问题离奇荒谬。

投稿，就该投中吗？天下哪有如此好事？买奖券的人不敢抱怨自己不中，求婚被拒绝的人也不会到处张扬，开工设厂的人也都事先心里有数，这行业是"可能赔也可能赚"的。为什么只有年轻的投稿人理直气壮地要求自己的作品成为铅字？人生的苦难千重，严重得要命的情况也不知要遇上多少次。生意场上、实验室里、外交场合，安详的表面下潜伏着长年的生死之争。每一类成功者都有其身经百劫的疤痕，而年轻的你却为一篇退稿陷入低潮？

记得大一那年，由于没有钱寄稿（虽然，稿件视同印刷品，可以半价——唉，邮局真够意思，没发表的稿子他们也视同印刷品呢！——可惜我当时连这半价邮费也付不出啊！），于是每天亲自送稿，每天把一番心血交给门口警卫以后便很不好意思地悄悄走开——我说每天，并没有记错，因为少年的心易感，无一事无一物不可记录成文，每天一篇毫不困难。胡适当年责备少年人"无病呻吟"，其实少年在呻吟时未必无病，只因生命资历浅，不知如何把话删削到只剩下"深刻"，遭人退稿也是活该。我每天送稿，因此每天也就可以很准确地收到两天前的退稿，日子竟过得非常有规律起来，投稿和退稿对我而言就像有"动脉"就有"静脉"一般，是合乎自然定律的事情。

那一阵投稿，我一无所获——其实，不是这样的，我大有斩获，我学会用无所谓的心情接受退稿。那真是"纯写稿"，连发表不发表也不放在心上。

如果看到几篇稿子"回航"就令你沮丧消沉——年轻人，请听我张狂的大笑吧！一个怕退稿的人可怎么去面对冲锋陷阵的人生呢？退稿的灾难只是一滴水、一粒尘的灾难，人生的灾难才叫排山倒海呢，碰到退稿也要沮丧——快别笑死人了，所以说，对我而言，你问我的问题不算"问题"，只算"笑话"，投稿投不中有什么大不了！如果你连这不算事情的事也发愁，你这一生岂不愁死？

传统中文系的教育很多人视之为写作的毒药，奇怪的是对我而言，它却给了我一些更坚实的基础。文字训诂之学，如果你肯去了解它，其间自有不能不令人动容的中国美学，声韵学亦然。知识本身虽未必有感性，但那份枯索严肃亦如冬日，繁华落尽处自有无限生机。和一些有成就的学者相比，我读的书不算多，但我自信每读一书于我皆有增益。读《论语》，于我竟有不胜低徊之致；读史书，更觉页页行行都该标上惊叹号。世上既无一本书能教人完全学会写作，也无一本书完全于写作无益。就连看一本烂书，也令我怵然自惕，为文万不可如此骄矜昏昧，不知所云。

有一天，在别人的车尾上看到"独身贵族"四个大字，当下失笑，很想在自己车尾上也标上"已婚平民"四个字。其实，人一结婚，便已堕入平民阶级，一旦生子，几乎成了"贱民"，生活中种种烦琐吃力处，只好一肩担了。平民是难有闲暇的，我因而不能有充裕的写作时间，但我也因而了解升斗小民在庸庸碌碌、乏善可陈的生活背后的尊严，我因怀胎和乳养的过程，而能确实怀有"彼亦人子也"的认同态度，我甚至很自然地用一种霸道的母性心情去关爱我们的环境和大地。我人格的成熟是由于我当了母亲，我的写作如果日有臻进，也是基于同样的缘故。

你看，你只问了我一个简单的问题，而我，却为你讲了我的半生。文章千古事，得失寸心知。记得旅行印度的时候，看到有些小女孩在编丝质地毯，解释者说：必须从幼年就学起，这时她们的指头细柔，可以打最细最精致的结子，有些毯子要花掉一个女孩一生的时间呢！文学的编织也是如此一生一世吧？这世上没有什么不是一生一世的，要做英雄，要做学者，要做诗人，要做情人，所要付出的代价不多不少，只是一生一世，只是生死以之。

我，回答了你的问题吗？

我有我的逊顺祥和，

也有我的叛逆凶戾，

我在我无限的求真求美的梦里，

也在我脆弱不堪一击的人性里。

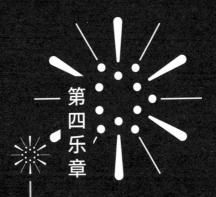

第四乐章

我会念咒

我在

　　记得是小学三年级，偶然生病，不能去上学，于是抱膝坐在床上，望着窗外寂寂青山、迟迟春日，心里竟有一份巨大幽沉至今犹不能忘的凄凉。当时因为小，无法对自己说清楚那番因由，但那份痛，却是记得的。

　　为什么痛呢？现在才懂，只因你知道，你的好朋友都在那里，而你偏不在，于是你痴痴地想，他们此刻在操场上追追打打吗？他们在教室里挨骂吗？他们到底在干什么啊？不管是好是歹，我想跟他们在一起啊！一起挨骂挨打都是好的啊！

　　于是，开始喜欢点名。大清早，大家都坐得好好的，小脸还没有开始脏，小手还没有汗湿，老师说："×××。"

　　"在！"

正经而清脆，仿佛不是回答老师，而是回答宇宙乾坤，告诉天地，告诉历史，说，有一个孩子"在"这里。

回答"在"字，对我而言总是一种饱满的幸福。

然后，长大了，不必被点名了，却迷上旅行。每到山水胜处，总想举起手来，像那个老是睁着好奇圆眼的孩子，回一声："我在。"

"我在"和"××到此一游"不同，后者张狂跋扈，目无余子，而说"我在"的仍是个清晨去上学的孩子，高高兴兴地回答长者的问题。

其实人与人之间，或为亲情或为友情或为爱情，哪一种亲密的情谊不能基于我在这里，刚好你也在这里的前提？一切的爱，不就是"同在"的缘分吗？就连神明，其所以为神明，也无非由于"昔在、今在、恒在"，以及"无所不在"的特质。而身为一个人，我对自己"只能出现于这个时间和空间的局限"感到另一种可贵，仿佛我是拼图板上扭曲奇特的一块小形状，单独看，毫无意义，及至恰恰嵌在适当的时空，却也是不可少的一块。天神的存在是无始无终浩浩莽莽的无限，而我是此时此际此山此水中的有情和有觉。

有一年，和丈夫带着一团年轻人到美国和欧洲去表演，我坚持选崔颢的《长干行》作为开幕曲，在一站复一站的陌生城市里，舞台上碧色绸子抖出来粼粼水波，唐人乐府悠然导出：

君家何处住？

妾住在横塘。

停船暂借问，

或恐是同乡。

渺渺烟波里，只因一错肩而过，只因你在清风我在明月，只因彼此皆在这地球，而地球又在太虚，所以不免停舟问一句话，问一问彼此隶属的籍贯，问一问昔日所生、他年所葬的故里。那年夏天，我们也是这样一路去问海外中国人的隶属所在的啊！

一九八三年九月二十四日我到香港教书，翌日到超级市场去买些日用品，只见人潮涌动，米、油、罐头、卫生纸都被抢购一空。当天港币与美金的比率跌至最低潮，已到了十与一之比。朋友都替我惋惜，因为薪水贬值等于减了薪。当时我望着快被搬空的超级市场，心里竟像疼惜生病的孩子一般地爱上这块土地。我不是港督，不是黄华，左右不了港人的命运。但此刻，我站在这里，跟缔造了经济奇迹的香港的中国人在一起。而我，仍能应邀在中文系里教古典诗，至少有半年的时间，我可以跟这些可敬的同胞并肩，不能做救星，只是"在一起"，只是跟年轻的孩子一起回归于故国的文化。一九九七年，香港的命运会如何？我不知道，只知道曾有一个秋天，我在那里，不是观光客，是"在"那里。

《旧约》里记载了一则三千年前的故事，那时老先知以利因年迈而昏聩无能，坐视宠坏的儿子横行。小先知撒母耳却仍是幼童，懵懵懂懂地穿件小法袍在空旷的大圣殿里走来走去。然而，事情发生了，有一夜他听见轻声呼唤："撒母耳！"

他虽渴睡却是个机警的孩子，跳起来，便跑到老以利面前："你叫我，我在这里！"

"我没有叫你，"老态龙钟的以利说，"你去睡吧！"

孩子去躺下，他又听到相同的叫唤："撒母耳！"

"我在这里，是你叫我吗？"他又跑到以利跟前。

"不是，我没叫你，你去睡吧。"

第三次他又听见那召唤的声音，小小的孩子实在给弄糊涂了，但他仍然尽快跑到以利面前。

老以利蓦然一惊，原来孩子已经长大了，原来不是小孩子梦里听错了话，不，他已听到第一次天音，他已面对神圣的召唤。虽然他只是一个稚弱的小孩，虽然他连什么是"天之钟命"也听不懂，可是，旧时代毕竟已结束，少年英雄会受天承运挑起八方风雨。

"小撒母耳，回去吧！有些事，你以前不懂，如果你再听到那声音，你就说：'神啊！请说，我在这里。'"

撒母耳果真第四度听到声音，夜空烁烁，廊柱耸立如历史，声音从风中来，声音从星光中来，声音从心底的潮声中来，来召唤一个孩子。撒母耳自此至死，一直是个威仪赫赫的先知，只因多年前，当他还是稚童的时候，他答应了那声呼唤，并且说："我，在这里。"

我当然不是先知，从来没有想做"救星"的大志，却喜欢让自己是一个"紧急待命"的人，随时能说："我在，我在这里。"

这辈子从来没喝得那么多，大约是一瓶啤酒吧，那是端午节的晚上，在澎湖的小离岛。为了纪念屈原，渔人那一天不出海，小学校长陪着我们和家长会的朋友吃饭，对着仰着脖子的敬酒者你很难说"不"。他们喝酒的样子和我习见的学院人士大不相同，几杯下肚，忽然红上脸来，原来酒的力量竟是这么大的。起先，那些宽阔黧黑的脸不免有一份不自觉的面对台北人和读书人的卑抑，但一喝了酒，竟人人争着说起话来，说他们没有淡水的日子怎么苦，说淡水管如何修好了又坏了，说他们宁可倾家荡产，也不要天天开船到别的岛上去搬运淡水……

而他们嘴里所说的淡水，在台北人看来也不过是咸涩难咽的怪味水罢了——只是于他们却是遥不可及的美梦。

我们原来只是想去捐书，只是想为孩子们设置阅览室，没有料到他们红着脸粗着脖子叫嚷的却是水！这个岛有个好听的名字，叫岛屿，岩岸是美丽的黑得发亮的玄武石组成的。浪大时，水珠会跳过教室直落到操场上来，澄莹的蓝波里有珍贵的丁香鱼，此刻餐桌上则是酥炸的海胆，鲜美的小管……然而这样一个岛，却没有淡水……

我能为他们做什么？在同盏共饮的黄昏，也许什么都不能，但至少我在这里，在倾听，在思索我能做的事……

读书，也是一种"在"。

有一年，到图书馆去，翻一本《春在堂笔记》，那是俞樾先生的集子，红绸精装的封面，打开封底一看，竟然从来也没人借阅过，真是"古来圣贤皆寂寞"啊！心念一动，便把书借回家去。书在，春在，但也要读者在才行啊！我的读书生涯竟像某些人玩"碟仙"，仿佛面对作者的精魄。对我而言，李贺是随召而至的，悲哀悼亡的时刻，我会说："我在这里，来给我念那首《苦昼短》吧！念'吾不识青天高，黄地厚，唯见月寒日暖，来煎人寿'。"读那首韦应物的《调笑令》的时候，我会轻轻地念："胡马胡马，远放燕支山下。跑沙跑雪独嘶，东望西望路迷。迷路迷路，边草无穷日暮。"一面觉得自己就是那从唐朝一直狂驰至今不停的战马，不，也许不是马，只是一股激情，被美所迷，被莽莽黄沙和胭脂红的落日所震慑，因而心绪万千，激情不知所止。

看书的时候，书上总有绰绰人影，其中有我，我总在那里。

《旧约·创世纪》里，堕落后的亚当在凉风乍至的伊甸园把自己藏匿起来。上帝说："亚当，你在哪里？"

他噤而不答。

如果是我，我会走出，说："上帝，我在，我在这里，请你看着我，我在这里。不比一个凡人好，也不比一个凡人坏，我有我的逊顺祥和，也有我的叛逆凶戾，我在我无限的求真求美的梦里，也在我脆弱不堪一击的人性里。上帝啊，俯察我，我在这里。"

"我在"，意思是说我出席了，在生命的大教室里。

几年前，我在山里说过的一句话容许我再说一遍，作为终响："树在。山在。大地在。岁月在。我在。你还要怎样更好的世界？"

我有

　　那天下午回家，心里好不如意，坐在窗前，禁不住怜悯起自己来。

　　窗棂间爬着一溜紫藤，隔着青纱和我对坐着，在微凉的秋风里和我互诉哀愁。

　　事情总是这样的，你总得不到你所渴望的公平。你努力了，可是并不成功，因为掌握你成功的是别人，而不是你自己。我也许并不稀罕那份成功，可是，心里总不免有一份受愚的感觉。就好像小时候，你站在糖食店的门口，那里有一份抽奖的牌子。你的眼睛望着那最大最漂亮的奖品，可是你总抽不着，你袋子里的镍币空了，可是那份希望仍然高高地悬着。直到有一天，你忽然发现，事实上根本没有那份奖额，那些藏在一排排红纸后面的签全是些空白的或者是近于空白的小奖。

那串紫藤这些日子以来美得有些神奇，秋天里的花就是这样的，不但美丽，而且有那么一份凄凄艳艳的韵味。风一过的时候，醉红乱旋，把怜人的红意都荡到隔窗的小室中来了。

唉，这样美丽的下午，把一腔怨烦衬得更不协调了。可恨的还不只是那些事情的本身，更有被那些事扰乱得不再安宁的心。

翠生生的叶子簌簌作响，如同檐前的铜铃，悬着整个风季的音乐。这音乐和蓝天是协调的，和那一滴滴晶莹的红也是协调的——只是和我受愚的心不协调。

其实我们已经受愚多次了，而这么多次，竟没有能改变我们的心，我们仍然对人抱着孩子式的信任，仍然固执地期望着良善，仍然宁可被人负，而不负人，所以，我们仍然容易受伤。

我们的心敞开，为了迎一只远方的青鸟。可是扑进来的总是蝙蝠，而我们不肯关上它，我们仍然期待着青鸟。

我站起身，眼前的绿烟红雾缭绕着，使我有着微微眩晕的感觉。遮不住的晚霞破墙而来，把我罩在大教堂的彩色玻璃下，我在那光辉中立着，洒金的分量很沉重地压着我。

"这些都是你的，孩子，这一切。"

一个遥远而又清晰的声音穿过脆薄的叶子传来，很柔如，很有力，很使我震惊。

"我的？"

"是的，我给了你很久了。"

"唔，"我说，"我不知道。"

"我晓得，"他说，声音里流溢着悲悯，"你太忙。"

我哭了，虽然没有责备。

等我抬起头来的时候，那声音便悄悄隐去了，只有柔和的晚风久久不肯散去。我疲倦地坐下去，疲于一个下午的怨怒。

我真是很愚蠢的——比我所想象的更愚蠢，其实我一直是这么富有的，我竟然茫无所知，我老是计较着，老是不够洒脱。

有微小的钥匙转动的声音，是他回来了。他总是想偷偷地走进来，让我有一个小小的惊喜，可是他办不到，他的步子又重又实，他就是这样的。

现在他是站在我的背后了，那熟悉的皮夹克的气息四面袭来，把我沉在很幸福的孩童时期的梦幻里。

"不值得的，"他说，"为那些事失望是太廉价了。"

"我晓得，"我玩着一裙阳光喷射的洒金点子，"其实也没有什么。"

"人只有两种，幸福的和不幸福的。幸福的人不能因不幸的事变成不幸福，不幸福的人也不能因幸运的事变成幸福。"

他的目光俯视着，那里面重复地写着一行最美丽的字眼，我立刻再一次知道我是属于哪一类了。

"你一定不晓得的，"我怯怯地说，"我今天才发现，我有好多好多东西。"

"真的那么多吗？"

"真的，以前我总觉得那些东西是上苍赐予全人类的，但今天我知道，那是我的，我一个人的。"

"你好富有。"

"是的，很富有，我的财产好殷实。我告诉你，我真的相信，如果今天黄昏时宇宙间只有我一个人，那些晚霞仍然会排铺在天上的，那些花儿仍然会开成一片红色的银河系的。"

忽然，我发现那些柔柔的须茎开始在风中探索，多么细弱的挣扎，那些卷卷的绿意随风上下，一种撼人的生命律动。从窗棂间望出去，晚霞的颜色全被这些纤纤约约的小触须给抖乱了，乱得很鲜活。

生命是一种探险，不是吗？那样柔弱的小茎能在风里成长，我又何必在意长长的风季？

忽然，我再也想不起刚才忧愁的真正原因了。我为自己的庸俗愕然了好一会儿。

有一堆温柔的火焰从他双眼中升起，我们在渐冷的暮色里互望着。

"你还有我，不要忘记。"他的声音有如冬夜的音乐，把人圈在一团遥远的烛光里。

我有着的，这一切我一直有着的，我怎么会忽略呢？那些在秋风里犹为我绿着的紫藤，那些虽然远在天边还向我粲然的红霞，以及那些在一凝注间的爱情，我还能要求些什么呢？

那些叶片在风里翻着浅绿的浪，如同一列编磬，敲出很古典的音色。我忽然听出，这是最美的一次演奏，在整个长长的秋季里。

我喜欢

我喜欢活着，生命是如此充满了愉悦。

我喜欢冬天的阳光，在迷茫的晨雾中展开。我喜欢那份宁静淡远，我喜欢那没有喧哗的光和热。而当中午，满操场散坐着晒太阳的人，那种原始而淳朴的意象总深深地感动着我的心。

我喜欢在春风中踏过窄窄的山径，草莓像精致的红灯笼，一路殷勤地张结着。我喜欢抬头看树梢尖尖的小芽儿，极嫩的黄绿色中透着一派天真的粉红——它好像准备着要奉献什么，要展示什么。那柔弱而又生意盎然的风度，常在无言中教导我一些最美丽的真理。

我喜欢看一块平平整整、油油亮亮的秧田。那细小的禾苗密密地排在一起，好像一张多绒的毯子，是集许多翠禽的羽毛织成的，它总是激发我想在上面躺一躺的欲望。

我喜欢夏日的永昼，我喜欢在多风的黄昏独坐在傍山的阳台上。小山谷里稻浪推涌，美好的稻香翻腾着。慢慢地，绚丽的云霞被浣净了，柔和的晚星遂一一就位。我喜欢观赏这样的布景，我喜欢坐在那舒服的包厢里。

我喜欢看满山芦苇，在秋风里凄然地白着。在山坡上，在水边上，美得那样凄凉。那次，刘告诉我，他在梦里得了一句诗："雾树芦花连江白。"意境是美极了，平仄却很拗口。想凑成一首绝句，却又不忍心改它；想联成古风，又苦于再也吟不出相当的句子。至今那还只是一句诗，一种美而孤立的意境。

我也喜欢梦，喜欢梦里奇异的享受。我总是梦见自己能飞，能跃过山丘和小河。我总是梦见奇异的色彩和悦人的形象。我梦见棕色的骏马，发亮的鬣毛在风中飞扬。我梦见成群的野雁，在河滩的丛草中歇宿。我梦见荷花海，完全没有边际，远远在炫耀着模糊的香红——这些，都是我平日不曾见过的。最不能忘记那次梦见在一座紫色的山峦前看日出——它原来必定不是紫色的，只是翠岚映着初升的红日，遂在梦中幻出那样奇特的山景。

我当然同样在现实生活里喜欢山，我办公室的长窗便是面山而开的。每次当窗而坐，总觉得满几尽绿，一种说不出的柔和。较远的地方，教堂尖顶的白色十字架在透明的阳光里巍立着，把蓝天撑得高高的。

我还喜欢花，不管是哪一种。我喜欢清瘦的秋菊、浓郁的玫瑰、孤洁的百合，以及幽娴的素馨。我也喜欢开在深山里不知名的小野花。十字形的、斛形的、星形的、球形的。我十分相信上帝在造万花的时候，赋给它们同样的尊荣。

我喜欢另一种花，是绽开在人们笑颊上的。当寒冷的早晨我走在巷子里，对门那位清癯的太太笑着说："早！"我就忽然觉得世界是这样的亲切，我缩在皮手套里的指头不再感觉发僵，空气里充满了和善。

当我到了车站开始等车的时候，我喜欢看见短发齐耳的中学生，那样精神奕奕的，像小雀儿一样快活的中学生。我喜欢她们美好宽阔而又明净的额头，以及活泼清澈的眼神。每次看着她们老让我想起自己，总觉得似乎我仍是她们中间的一个，仍然单纯地充满了幻想，仍然那样容易受感动。

当我坐下来，在办公室的写字台前，我喜欢有人为我送来当天的信件。我喜欢读朋友们的信，没有信的日子是不可想象的。我喜欢读弟弟妹妹的信，那些幼稚纯朴的句子，总是使我在泪光中重新看见南方那座燃遍凤凰花的小城。最不能忘记那年夏天，德从最高的山上为我寄来一片蕨类植物的叶子。在那样酷暑的气候中，我忽然感到甜蜜而又沁人的清凉。

我特别喜爱读者的信件，虽然我不一定有时间回复，每次捧读这些信件，总让我觉得一种特殊的激动。在这世上，也许有人已透过我看见一些东西。这不就够了吗？我不需要永远存在，我希望我所认定的真理永远存在。

我把信件分放在许多小盒子里，那些关切和情谊都被妥善地保存着。

除了信，我还喜欢看一点书，特别是在夜晚，在一灯荧荧之下。我不是一个十分用功的人，我只喜欢看词曲方面的书，有时候也涉及一些古拙的散文，偶然我也勉强自己看一些浅近的英文书，我喜欢它们文字变化的活泼。

夜读之余，我喜欢拉开窗帘看看天空，看看灿如满园春花的繁星。我更喜欢看远处山坳里微微摇晃的灯光。那样模糊，那样幽柔，是不是那里面也有一个夜读的人呢？

在书籍里面我不能自抑地要喜爱那些泛黄的线装书，握着它就觉得握着一脉优美的传统，那涩黯的纸面蕴含着一种古典的美。我很自然地想到，有几个人执过它，有几个人读过它。他们也许都过去了，历史的兴亡、人物的迭代本是这样虚幻，唯有书中的智慧永远长存。

我喜欢坐在汪教授家的客厅里，在落地灯的柔辉中捧一本线装的昆曲谱子。当他把旧得发亮的褐色笛管举到唇边的时候，我就开始轻轻地按着板眼唱起来。那柔美幽咽的水磨调在室中低回着，寂寞而空荡，像江南一池微凉的春水。我的心遂在那古老的音乐中体味到一种无可奈何的轻愁。

我就是这样喜欢着许多旧东西。那块小毛巾，是小学四年级参加儿童周刊父亲节征文比赛得来的。那一角花岗石，是小学毕业时和小曼敲破了各执一半的。那个布娃娃是我儿时最忠实的伴侣。那本毛笔日记，是七岁时被老师逼着写成的。那两支蜡烛，是我过二十岁生日的时候，同学们为我插在蛋糕上的……我喜欢这些财富，以至每每整个晚上都在痴坐着，沉浸在许多快乐的回忆里。

我喜欢翻旧相片，喜欢看那个大眼睛长辫子的小女孩。我特别喜欢坐在摇篮里的那张，多么甜美无忧的时代！我常常想起母亲对我说："不管你们将来遭遇什么，总是回忆起来，你们还有一段快活的日子。"是的，我骄傲，我有一段快活的日子——不只是一段，我相信那是一生悠长的岁月。

我喜欢把旧作品一一检视，如果我看出以往作品的缺点，我就高兴得不能自抑——我在进步！我不是在停顿！这是我最快乐的事了，我喜欢进步！

我喜欢美丽的小装饰品，像耳环、项链和胸针。那样晶晶闪闪的、细细微微的、奇奇巧巧的。它们都躺在一个漂亮的小盒子里，炫耀着不同的美丽。我喜欢不时看看它们，把它们佩在我的身上。

我就是喜欢这样松散而闲适的生活，我不喜欢精密地分配时间，不喜欢紧张地安排节目。我喜欢许多不实用的东西，我喜欢充足的沉思时间。

我喜欢晴朗的礼拜天清晨，当低沉的圣乐冲击着教堂的四壁，我就忽然升入另一个境界，没有纷扰，没有战争，没有嫉恨与恼怒。人类的前途有了新的光芒，那种确切的信仰把我们带入更高的人生境界。

我喜欢在黄昏时来到小溪旁。四顾没有人，我便伸足入水——那被夕阳照得极艳丽的溪水，细沙从我的趾间流过，某种白花的瓣儿随波漂去，一会儿就幻灭了——这才发现那实在不是什么白花瓣，只是一些被石块激起的浪花罢了。坐着，坐着，好像天地间都流动着和暖的细流。低头沉吟，满溪红霞照得人眼花，一时简直觉得双足是浸在一钵花汁里呢！

我更喜欢没有水的河滩，长满了高及人肩的蔓草。日落时一眼望去，白石不尽，有着苍莽凄凉的意味。石块垒垒，把人心里慷慨的意绪也堆叠起来了。我喜欢那种情怀，好像在峡谷里听人喊秦腔，苍凉的余韵回转不绝。

我喜欢别人不注意的东西，像草坪上那株没有人理会的扁柏，那株瑟缩在高大龙柏之下的扁柏。每次我走过它的时候总要停下来，嗅一嗅那股清香，看一看它谦逊的神气。有时候我又怀疑它不是谦逊，因为也许它根本不觉得龙柏的存在。又或许它虽知道有龙柏存在，也不认为伟大与平凡有什么两样——事实上伟大与平凡的确也没有什么两样。

我喜欢朋友，喜欢在出其不意的时候去拜访他们。尤其喜欢在雨天去叩湿湿的大门，在落雨的窗前话旧是多么美。记得那次到中部去拜访芷的山居，我永不能忘记她看见我时的惊呼。当她连跑带跳地来迎接我，山上阳光就似乎忽然炽燃起来了。我们走在向日葵的荫下，慢慢地倾谈着。那迷人的下午像一阕轻快的曲子，一会儿就奏完了。

我极喜欢，而又带着几分崇敬去喜欢的，便是海了。那辽阔，那淡远，都令我心折。而那雄壮的气象，那平稳的风范，以及那不可测的深沉，一直向人类做着无言的挑战。

　　我喜欢家，我从来还不知道自己会这样喜欢家。每当我从外面回来，一眼看到那窄窄的红门，我就觉得快乐而自豪，我有一个家，多么奇妙！

　　我也喜欢坐在窗前等他回家来。虽然过往的行人那样多，我总能分辨他的足音。那是很容易的，如果有一个脚步声，一入巷子就开始跑，而且听起来是沉重急速的大阔步，那就准是他回来了！我喜欢他把钥匙放进门锁中的声音，我喜欢听他一进门就喘着气喊我的英文名字。

　　我喜欢晚饭后坐在客厅里的时分。灯光如纱，轻轻地洒开。我喜欢听一些协奏曲，一面捧着细瓷的小茶壶暖手。当此之时，我就恍惚能够想象一些田园生活的悠闲。

　　我也喜欢户外的生活，我喜欢和他并排骑着自行车。当礼拜天早晨我们一起赴教堂的时候，两辆车子便并驰在黎明的道上。朝阳的金波向两旁溅开，我遂觉得那不是一辆脚踏车，而是一艘乘风破浪的飞艇，在无声的欢唱中滑行。我好像忽然又回到刚学会骑车的那个年龄，那样兴奋，那样快活，那样唯我独尊——我喜欢这样的时光。

　　我喜欢多雨的日子。我喜欢对着一盏昏灯听檐雨的奏鸣，细雨如丝，如一天轻柔的叮咛。这时候我喜欢和他共撑一柄旧伞去散步。伞际垂下晶莹成串的水珠——一幅美丽的珍珠帘子。于是伞下开始有我们宁静隔绝的世界，伞下缭绕着我们成串的往事。

我喜欢在读完一章书后仰起脸来和他说话，我喜欢假想许多事情。

"如果我先死了，"我平静地说着，心底却泛起无端的哀愁，"你要怎么样呢？"

"别说傻话，你这憨孩子。"

"我喜欢知道，你一定要告诉我，如果我先死了，你要怎么办？"

他望着我，神色愀然。

"我要离开这里，到很远的地方去。去做什么，我也不知道。总之，是很遥远很蛮荒的地方。"

"你要离开这屋子吗？"我急切地问，环视着被布置得像一片紫色梦谷的小屋。我的心在想象中感到一种剧烈的痛楚。

"不，我要拼命去赚很多钱，买下这栋房子。"他慢慢地说，声音忽然变得凄怆而低沉。

"让每一样东西像原来那样保持着。哦，不，我们还是别说这些傻话吧！"

我忍不住清泪泫然了，我不明白，为什么我喜欢问这样的问题。

"哦，不要痴了，"他安慰着我，"我们会一起死去的。想想，多美，我们要相偕着去参加天国的盛会呢！"

我喜欢相信他的话，我喜欢想象和他一同跨入永恒。

我也喜欢独自想象老去的日子，那时候必是很美的，就好像夕晖满天的景象一样。那时候再没有什么可争夺的，可流连的。一切都淡了，都远了，都漠然无介于心了。那时候智慧深邃又明彻，爱情渐渐醇化，生命也开始慢慢蜕变，好进入另一个安静美丽的世界。啊，那时候，那时候，当我抬头看到精金的大道，碧玉的城门，以及千万只迎接我的号角，我必定是很激动而又很满足的。

　　我喜欢，我喜欢，这一切我都深深地喜欢！我喜欢能在我心里充满着这样多的喜欢！

我的药呢

一九七五年，我旅经爱荷华城。记忆里笔直的大路上，远远浮悬一轮落日，像跟什么人较劲似的，到了六点、七点、八点……久久不肯落下去。玉米的绿波弥天盖地。来自北欧的"爱弥须人"驱着马车，穿着深色的衣裳，带着安分的微笑走入两百年前的村舍，这宁静的城令我着迷。

我请朋友带我去爱大看看。到了有名的"作家工作坊"，看到袁则难在那里，这人稍有些羞赧，有"香港文人"浪漫和细致的底子。他很热心地带我去看保罗和聂。

不记得是怎么回事，也许是因为天气太好，在他们家坐不到几分钟，我们便身在爱荷华河上了——倒好像那条河是他们家客厅似的，真是过分，他们竟用整整一条河来招待朋友。

聂很中国女人，临出门抱了一罐腰果，说："咱们带点东西磨牙！"

保罗一到河上就一头钻进水里，他在水里很自在，他大约也知道我们在船上很自在。

游了一阵，他回来，扒着船舷说："我的药呢？"

聂递给他一小瓶琴酒，他在暖暖的阳光下啜了两口，无限满足。

"这药，"我问，"管医什么呢？"

他笑而不答，河水汤汤，他又游开了。整条河如此温柔，像满槽初熟的酒等待蒸馏。

十六年后我在报上看到他的死讯，他那天在河中索酒的眼神又回来了。"我的药呢？"他问。但生和死之间原是无药石可投的啊！

我翻开最近常读的陶诗：

千秋万岁后，谁知荣与辱？
但恨在世时，饮酒不得足。
春醪生浮蚁，何时更能尝？

纷纷扰扰的人间，春酒年年熟，但那生命的饮者何时再折返索尝呢？

我会念咒

一

我会念咒，只会一句。

我原来也不知道，是偶然间发现的。一向，咒语都是由谁来念诵呢？故事里是由巫婆或道士来念，他们有时是天生就会，有时是跟人学来的，咒语多半烦难冗长，令人望而生畏。

我会咒语而竟不自知，想来是自己天生会的。

我会的那句咒语很简单，总共只有四个字，连小孩都能立刻学会，那四个字是："我好快乐！"

如果翻成英文，也是四个字："I am so happy！"

二

这样的咒语虽不能让撒出手的豆子变成兵，让纸剪的马儿真的可骑可乘可供驱驰，让钵子里的钱永远掏用不完，或让别人水果摊上的水梨都到我的树枝上来供我之用。

可是，它却有茅山道士的大法力，它可以助我穿墙。什么墙？砖墙？水泥墙？铜墙？铁壁？都不是，而是悲伤之墙，是倦怠之墙，是愤懑怨怒之墙，是遭到割伤烫伤斫伤泼伤之际的自伤之墙，是心灰意冷情摧泪尽的沮丧之墙，是自认为我已心竭力怯万劫不复的绝望之墙……

三

大约是两年前吧？有一天，奔波了一整天，到黄昏时才回家，把车在巷子里停好，车窗尚未关上，我不自觉地大叹了一声："啊！我好快乐！"

当时车停在公园旁，隔着矮矮的灌木丛，有一个背对我垂头而坐的男人听到我说话，他猛地坐直身子回望我一眼，我这才发现半米之外有人听到我最幽微的内心语言。那一眼令我难忘，隔着打开的车窗，我看到那其中有惊吓，在这都市里怎会有一个女人在作如此诡异的宣告？也许也有愤怒，世道如今都成了什么样子了，你还有本事快乐！也许有不可置信，什么？快乐这种东西还存在着吗？也许是悲悯，这女子难道疯了吗？

我当时有点惭愧，然后，我发觉，我爱念这句咒语已经很久了，平常没有人听见，我也不自觉，今天被人发现又被人回头看了一眼，才觉得这句话真有点怪异。

那老男人站起来，在暮色中踽踽离去了。他是被吓到的吗？

四

其实，我很想追上那人，对他说：

老先生，你刚才听到我说的那句话，既是真的，也是掰的。我其实大病初愈，身心俱疲。我其实忧时忧世不认为这粒地球有什么光明的前途。我事实上一想及那些优美深沉馥郁绵亘的传统正遭人像处理病死猪一般泼毒且掩埋，就恨不得放声恸哭，与人一决……但此刻，我奔波了一天，不管我所恳求的，所呼吁的，所叮嘱的，所反复申诉的被接受了或被拒绝了，上帝啊，毕竟我已尽力了。天黑了，我回家了，我如此渺小，赐我今夕热食热汤，赐我清爽的沐浴，赐我一枕酣睡。

为此，我好快乐。

能尽心竭力，我好快乐。

能为心爱的道统传承来辛苦或受辱，这并不是每一个人可享有的权利，所以，我好快乐。

如果我悲苦，那也是上天看得起我，容许我忍此悲辛荼苦，我为配忍此苦楚而要说一句：

我好快乐。

我好快乐，因为我能说"我好快乐"，这是我的快乐咒，其言有大法力，助我穿墙直行，披靡天涯，虽然也许早已撞得鼻青脸肿，而不自知。

我的幽光实验

闰三月，令人犹豫。恋旧的人叫它暮春，务实的人叫它初夏——我却趑趑趄趄，认为是春夏之交。

这一天，下午五点，我回到家。时令姑且算它是春夏之交，五点钟，薄暮毕竟仍悄悄掩至了。这一天，丈夫和女儿刚好都有事不回家吃饭。我开了门，一个人站在门前，啊！我等这一天好久了，趁他们不在，我打算做我的"幽光实验"。

想做这个实验想了好一阵子，说起来，也不过发自一点小小的悲愿。事情是这样的：我反核，可是，我却用电。我反对我们的核能废料运到雅美人的碧波家园去掩埋，然而，我却每个月出钱给电力公司间接支持他们的罪行，我为自己的伪善而负疚。不得已，只好少用电来消孽。因此，在生活里，我慎重地拒绝了冷气。执教于公立学校，学校的预算比捉襟见肘的私立大学是阔多了，连工友室也装冷气，全校不装冷气的大概只剩我一个人了。每次别人惊讶问起的时候，我一概以"我不怕热"挡过去。后来，某次聊天，发现林正杰也不用冷气，不禁叹为知己。中国台北市的盛夏，用自己一身汗去抗拒苦热，几乎接近悲壮。这其间，无非想换个心安。"又反核四厂，又装冷气机"，对我而言，是基本上的文法不通，根本是说不出口的一句话。

除了冷气机不用之外，还能不能找个法子省更多的电呢？我问自己。

有的，我想，如果每一天晚一点才开灯的话。

听母亲说，外婆和曾外婆，她们虽然家境富裕，却都是在黄昏时摸黑做针线的。"她们的眼睛真好哩！摸黑缝出来也是一手好针线呢！她们摸黑还能穿针，一穿就进。"

我遥想那属于她们的年代，觉得一针一线都如此历历分明。人类过其晨兴夜寐的岁月总也上万年了，电灯却是近百年来才有的事。油灯、蜡烛在当年恐怕都是能省则省的奢侈品。既然从太古到百年前，人类都可以活得好好的，可见"电力"是个"没有也罢"的东西。

上帝造人，本是一件简单的生物：早晨起床、工作，晚上睡觉，睡觉前的时间可以摸黑做一些半要紧不要紧的事，例如洗澡、看书、讲故事、作诗。

反正上帝他老人家该负全责的，白昼是他安排的，黑夜是他规划的。那么，在昼夜之间的夕暮，也该归他管才对。根据这样的逻辑演绎下来，人类的眼睛当然理该可以适应这时刻的光线。

但不知从什么时候开始，人类变得像一个神经质的小孩，不能忍受一点点幽暗。一个都市人，如果清晨五点醒来，连想都不用想，他的第一个本能大概就是急急按下电灯开关，让屋子大放光明。他已经完全不能了解，一个人其实也可以静静地坐在黎明前的幽光里体会时间进行的感觉。那时刻，仿佛宇宙间是一把巨大的天平，我在天平此端，幽光，在彼端。我与幽光对坐，并且感知那种神秘无边的力量。方其时，人，仿佛置身密林，仿佛沉浮于深泽大沼，仿佛穴居野处的上古，仿佛胎儿犹在母体，又仿佛易经乾卦里的那只"潜龙"正沉潜某处，尚未用世。方其时，"天地玄黄，宇宙洪荒"——这是《千字文》的句子，古代小孩启蒙时要念的第一篇，是幼童蒙昧的声音在念出宇宙蒙昧期的画面——一切还停顿在《圣经·创世记》的首章首句：

"起初，上帝创造天地。地是空虚混沌，渊面黑暗……"

坐在这样黎明前的幽光里，何须什么菲力普牌或旭光牌的电灯来打扰。此时此刻，那曾经身处幽潜的地球和曾经结胎于幽潜子宫中的我，一起回到暖暖幽光中，一起重温我们的上古史。当此之际，我与大化之间，心会神通，了无窒碍。

此刻，灯光，除了是罪恶，还会是什么呢？

黄昏，是另一段幽光时分。现代人对付黄昏的好办法无他，也是立刻开灯。不错，立刻开灯结果是立刻光明，但我们也立刻失去了自己和天象之间安详徐舒的调适关系。

现代的人类如此骄纵自己，夏天不容自己受热，冬天不容自己受冷，黄昏后又不容自己稍稍受一点黑。

然而，此刻是下午五时，我要来做个实验。今晚，我来试试不开灯，让我来验证"黄昏美学"，让我体会一下祖母时代的生活步调，我就不信那样的日子是不能过的。

记得十多年前，有一次为了报道兰屿的兰恩幼稚园，带着个摄影家去那里住过一阵子。简单的岛，简单的海，简单的日出日落。没有电，日子照过。黎明四五点，昊昊天光就来喊你，嗓音亮烈，由不得你不起床。黑夜，全岛漆黑，唯星星如凿在天壁上的小孔，透下神界的光芒。

在岛上，黄昏没有人掌灯。

及夜，幼稚园里有一盏汽灯，远近的孩子把这里当阅览室，在灯下做功课。

而此刻，在中国的台北，我打算做一次小小的叛逆，告别一下电灯文明。

天不算太黑，也许我该去煮饭，但此刻拿来煮饭太可惜了，走廊上光线还亮，先看点书吧。小字看来伤眼，找本线装的来看好了。那些字个个长得大手大脚的，像庄稼汉，很老实可信赖的样子。而且，我也跟他们熟了，一望便知，不须细辨。在北廊，当着一棵栗子树，两钵鸟巢蕨和五篮翠玲珑，我读起陶诗来——"……斯晨斯夕，言息其庐，花药分列，林竹翳如。清琴横床，浊酒半壶，黄唐莫逮，慨独在余。"

哇！不得了，人大概不可有预设立场，一有立场，读什么都好像来呼应我一般。原来这陶渊明也注意到"林竹翳如"之美了，要是碰到今人拍外景，就算拍竹林，大概也要打上强光，才肯开镜吧。

没读几首诗，天色更"翳如"了，不开灯，才能细细感觉出天体运行的韵律，才能揣摩所谓"寸阴"是怎么分分寸寸在挪移在推演的。

一日的时光其实是一段完美具足的生命，每一刹那都自有其美丽，然而，强灯夺走了暮色那沉潜安静的时分，那鸟归巢兽返穴的庄严行列，在今天这个时代，全部遭人注销，化为明灿的森严的厉光。

只因我们不肯看暮色吗？

天更暗，书已看不下去，便去为植物浇水。

我因刚读了几行诗，便对走廊上的众绿族说："唉，你们也请喝点水，我们各取所需吧！"

接下来，我去煮饺子。厨房靠南侧，光线很好，六点了，不开灯还不成问题，何况有瓦斯炉的蓝焰。饺子煮好，浇好佐料，仍然端到前面北廊去吃。天愈来愈暗，但吃起饺子来也没什么不便。反正一个个夹起塞进嘴巴，也不需仔细的视觉。我想从前古人狩猎归来，守着一堆火，把兔肉烤好，当时洞穴里不管多黑，单凭嗅觉，任何人也能把兔子腿正确地放进嘴里去。今人食牛排仍喜欢守着烛光，想来也是借一点怀古的心情。

饺子吃罢，又剥了一个葡萄柚来吃，很好，一点困难也没有。我想，人类跟食物的关系是太密切了，密切到不需借助什么视觉了。

饭后原可以去放点录音带来听，但开录音机又要用电，我想想，不如自己来弹钢琴，反正家里没人，而我对自己一向又采高度容忍政策。

钢琴弹得不好，但不需看谱。暮霭虽沉沉，白键却井然，如南方夏夜的一树玉兰，一瓣瓣馥白都是待启的梦。

琴虽弹得烂，但键音本身至少是玲琅可听的。

起来，在客厅里做两下运动，没有师承，没有章法，自己胡乱伸伸腿，扭扭腰，黑暗中对自身和自身的律动反觉踏实真切，于是对物也觉可亲了。楼下传来花香，我知道是那株两人高的万年青开了花。花不好看，但香起来一条巷子都为之惊动，只有热带植物才会香得如此离谱。嗅觉自有另一个世界，跟眼睛的世界完全不同，此刻我真愿自己是一只小虫，凭着无误的嗅觉，投奔那香味华丽的夜之花。

我手臂划过夜色，如同泅者，泅过黑水沟，那深暗的洋流。我弯下腰去，用手指触摸脚尖。宇宙漠然，天地无情，唯我的脚趾尖感知手指尖的一触。不需华灯，不需明目，我感受到全人类智慧也不能代替我去感知的简单触觉。

闻着楼下的花，我忽然想起自己手种的那几丛茉莉花来，于是爬上顶楼，昏暗中闻两下也就可以"闻香辨味"了，何况白色十分奇特，几乎带点荧光。暗夜中，仿佛有把尖锐的小旋刀，一旋便凿出一个白色的小坑。那凿坑的位置便是小白花从黑夜收回的失土，那小坑竟终能保持自己的白。

原来每朵小白花都是白昼的遗民，坚持着前朝的颜色。

我把那些小花摘来放在我的案头，它们就一径香在那里。

我原以为天色会愈来愈暗，岂料不然。楼下即有路灯，我无需凿壁而清光自来。但行路需稍稍当心，如果做"幽光实验"，弄得磕磕碰碰的，岂不功亏一篑？好在是自己的家，什么地方有什么东西，大致心里是知道的。

决定去洗澡，在幽暗中洗澡自可不关窗，不闭户，凉风穿牖，莲蓬头里涌出细密的水丝。普通话叫"莲蓬头"，粤语叫"花洒"，两个词眼都用得好。在中国香港冲凉（大概由于地处热带，广东人只会说"冲凉"，他们甚至可说出"你去放热水好让我冲凉"的怪话来），我会自觉是一株给"花洒"浇透了的花。在中国台湾沐浴，我觉得自己是瑶池仙童，手握一柄神奇的"莲蓬"。

不知别人觉得人生最舒爽的刹那是什么时候，对我而言，是浴罢。淋浴近乎宗教，令人感觉尊重而自在。孔子请弟子各言其志，那叫点的学生竟说出"浴乎沂，风乎舞雩"的句子。耶稣受洗于约旦河，待他自河中走上河岸，天地为之动容。经典上记录那一刹那谓"当时圣灵降其身，恍若鸽子"。回教徒对沐浴，更视为天上圣事。印度教徒就更不用提了。

而我只是凡尘一女子，浴罢静坐室中，虽非宗教教主，亦自雍容。把近日偶尔看到想起之事，一一重咀再嚼一遍。譬如说，因为答应编译馆要为他们编高中的诗选，选了一首王国维的《浣溪沙》，把那三句"试上高峰窥皓月，偶开天眼觑红尘，可怜身是眼中人"细细揣想，不禁要流泪。想大观园里的黛玉，因一句"如花美眷，似水流年"便痛彻心扉，人世间事大抵如此：人和人可以共处一室而水火不容，却又偶尔能与千年百年前的人相契于心，甚至将那人深贮在内心的泪泉从自己的眼眶中流了出来。

黑暗中，我枯坐，静静地想着那谜一般的王国维，他为什么要投昆明湖呢？今年二月，我去昆明湖，湖极大，结了冰，仿佛冰原。有人推着小雪橇载人在冰上跑。冰上尖风如刀。我望着厚实的大湖，一径想："他为什么要去死呢？他为什么要去死呢？人要有多大的勇气才会去死呢？"

恍惚之间，也仿闻王国维讷讷自语："他们为什么要活着呢？他们得要有多大的耐心才能活下去呢？——在这庸俗崩解的时代。"

而思索是不需灯光的，我在幽光中坐着，像古代女子梳她们及地的乌丝，我梳理我内心的喜悦和恻痛。

我去泡茶，两边瓦斯口如同万年前的两堆篝火，一边供我烤焙茶叶，一边烧水。水开了，茶叶也焙香了。泡茶这事做起来稍微困难一点，因为要冲水入壶。好在我的茶壶不算太小，腹部的直径有十五厘米，我惯于用七分乌龙加三分水仙，连泡五泡，把茶汤集中到另外一只壶里，拿到客厅慢慢啜饮。

我喝的茶大多便宜，但身为茶叶该有的清香还是有的。喝茶令人顿觉幸福，觉得上接五千年来的品位（穿丝的时候也是，丝织品触擦皮肤的时候令人意会到一种受骄纵的感觉，似乎嫘祖仍站在桑树下，用慈爱鼓励的眼神要我们把丝衣穿上），茶怎能如此好喝？它怎能在柔粹中亮烈，且能在枯寂处甘润？它像撒豆成兵的魔法，它在五分钟之内便可令一山茶树复活，茶香冽处，依旧云缭雾绕，触目生翠。

有人喝茶时会闭目凝神，以便从茶叶的色相中逃离，好专心一意品尝那一点远馨。今晚，我因独坐幽冥，不用闭目而心神自然凝注，茶香也就如久经禁锢的精灵，忽然在魔法乍解之际，纷纷逸出。

电话铃响了，我去接。

曾有一位日本妇人告诉我，在日本，形容女人间闲话家常为"在井旁，边洗衣服边谈的话"，我觉得那句话讲得真好。

我和我的女伴没有井，我们在电话线上相逢，电话就算我们的井栏吧。她常用一只手为儿子摩背，另一只手拿着电话和我聊到深夜。

我坐在十五年前买的一把"本土藤椅"里，椅子有个名字叫"虎耳椅"，有着非常舒服的弧度，可惜这椅子现在已经买不到了。

适应黑暗以后，眼睛可以看到榉木地板上闪着柔和的反光。我和我的女伴有一搭没一搭地聊着，我为什么不要开灯呢？完全没有这个必要啊！摸黑说话别有一种祥谧的安全感。祈祷者每每喜欢闭目，接吻的人亦然，不用灯不用光的世界自有它无可代替的深沉和绝美。我想聊天最好的境界应该是：星空下，两个垂钓的人彼此坐得不远不近，想起来，就说一句，不说的时候，其实也在说，而横亘在他们之间的，是温柔无边的黑暗。

丈夫忽然开门归来："哎呀，你怎么不开灯？"

"啪"的一声，他开了灯，时间是九点半。我自觉像一尾鱼，在山岩洞穴的无光处生存了四个半小时（据说那种鱼为了调适自己配合环境，全身近乎透明）。我很快乐，我的"幽光实验"进行顺利，黑暗原来是如此柔和润泽且丰沛磅礴的。我想我该把整个生活的调子再想一想，再调一调。也许，我虽然多年深陷都市的战壕，却仍能找回归路的。

后记

整个"幽光实验"其实都进行顺利，只是第二天清晨上阳台，一看，发现茉莉花还是漏摘了三朵，那三朵花躲在叶子背后，算是我输给夜色的三枚棋子。

我不知道怎样回答

有些时候，我不知怎样回答那些问题，可是……

有一次，经过一家木材店，我忽然忍不住为之驻足了。秋阳照在那一片粗糙的木纹上，竟像炒栗子似的，爆出一片干燥郁烈的芬芳。我在那样的香味里回到了太古，我恍惚可以看到遮天蔽日的原始森林，我看到第一个人类以斧头斫向擎天的绿意，一斧下去，木香争先恐后地喷向整个森林，那人几乎为之一震。每一棵树是一瓶久贮的香膏，一经启封，就香得不可收拾。每一痕年轮是一篇古赋，耐得住最仔细的吟读。

店员走过来，问我要买什么木料，我不知怎样回答。我只能愚笨地摇摇头。我要买什么？我什么都不缺，我拥有一街晚秋的阳光，以及免费的沉实浓馥的香味。要快乐，所需要的东西是多么出人意外地少啊！

七岁那年，在南京念小学三年级，我一直记得我们的校长。二十五年之后我忽然知道她在台北一个五专做校长，便决定去看看她。

校警把我拦住，问我找谁，我回答了他，他又问我找她干什么，我忽然支吾而不知所答。我找她干什么？我怎样使他了解我"不干什么"，我只是冲动地想看看二十五年前升旗台上一个亮眼的回忆，我只想把二十五年来还没有忘记的校歌背给她听，并且想问问她当年因为幼小而唱走了音的是什么字——这些都算不算事情呢？

一个人找一个人必须要"有事"吗？我忽然感到悲哀起来。那校警后来还是把我放了进去，我见到久违了四分之一世纪的一张脸，我更爱她——因为我自己也已经做了十年的老师。她也非常讶异而快乐，能在世事沧桑后一同活着，一同燃烧着，是一件可惊可叹的事。

儿子七岁了，忽然出奇地想建树他自己。有一天，我要他去洗手，他拒绝了。

"我为什么要洗手？"

"洗手可以干净。"

"干净又怎么样，不干净又怎么样？"他抬起调皮的晶亮眼睛。

"干净的小孩才有人喜欢。"

"有人喜欢又怎么样，没有人喜欢又怎么样？"

"有人喜欢将来才能找个女朋友啊！"

"有女朋友又怎么样，没有女朋友又怎么样？"

"有女朋友才能结婚啊！"

"结婚又怎么样，不结婚又怎么样？"

"结婚才能生小娃娃，妈妈才有小孙子抱哪！"

"有孙子又怎么样，没有孙子又怎么样？"

我知道他简直为他自己新发现的句子构造而着迷了，我知道那只是小儿的戏语，但也不由得感到一阵生命的悲凉，我对他说："不怎么样！"

"不怎么样又怎么样，怎么样又怎么样？"

我在瞠目不知所对中感到一种敬意，他在成长，他在强烈地想要建树起他自己的秩序和价值，我感到一种生命深处的震动。

虽然我不知道怎样回答他的问题，虽然我不知道用什么方法使一个小男孩喜欢洗手，但有一件事我们彼此都知道：我仍然爱他，他也仍然爱我，我们之间仍然有无穷的信任和尊敬。

我家独制的太阳水

六月盛夏，我去高雄演讲。一树一树阿勃拉的艳黄花串如同中了点金术，令城市灿碧生辉。

讲完了，我再南下，去看我远居在屏东的双亲。母亲八十，父亲九十一，照中国人的说法是九十二。何况他的生日是正月初七，真的是每年都活得足足的，很够本。我对他的年龄充满敬意。在我看来，他长寿，完全是因为他十分收敛地在用他的"生命配额"的缘故（"配额"是外贸方面的术语，指一个厂商从政府得到的营业限量）。

依照中国民间流传的说法，一个人一生的"福禄资源"是有其定量的。你如果浪费成性，把该吃的米粮提早吃完，司掌生死簿的那一位，也就只好开除你的"人籍"了。

我的父亲不然，他喝酒，以一小杯为度。他吃饭，食不厌粗。一件草绿色的军背心，他可以穿到破了补，补了又加补的程度。"治装费"对他来说是个离奇不可思议的字眼。事实上他离开军旅生涯已经四十年了，那些衣服仍穿不完地穿着，真穿成烂布的时候，他又央求妈妈扯成抹布来用。

我算是个有环保概念的人，但和父亲一比，就十分惭愧。我的概念全是"学而知之"，是思考以后的道德决定。我其实喜欢冷气，喜欢发光的进口石材铺成的地面，喜欢华贵的地毯和兽皮，喜欢红艳的葡萄酒盛在高脚水晶杯里……我之选择简朴是因为逃避，逃避不该有的堕落与奢华。但父亲，出生于农家的父亲，他天生就环保，他是"生而知之"的环保人士。

回到家里，晒衣绳上到处都有父亲三四十年来手制的衣架。衣架制法简单，找根一二厘米宽的竹条，裁做三四十厘米长的竹段，中间打一个小洞，穿过铁丝，铁丝扭作"S"形，就可以挂衣服了。

父亲的藏书也离奇，他不买精装书，只买平装书。他认为国人的精装书多半是"假精装"，只是把硬纸粘贴在书外面而已（后来，有出版界的朋友告诉我，的确如此）。勤看书的人只消一个礼拜就可以让它皮肉分家。父亲的书，他真看（不像我，我早年见书就买，买了就乱堆，至于看不看，那又是另外一件事）。他保护书的方法是把书一买来就加道装订手续。他用线装书的方法，每本书都钻四五个孔，再用细线缝过。他的办法也的确有用，三十年后，竟没有一本书脱线掉页的。

我偷了父亲一本《唐诗三百首》，放在我自己的书架上。其实这本书我已经有好几个不同的版本了，何必又去偷父亲的？只因那本书父亲买了五十年，他用一张牛皮纸包好，我打开来一看，原来那是一个拆开的大信封的反面，大信封的正面看得出来写的是在南京的地址，那时候，父亲是联勤总部的一个副处长。老一辈的人惜物至此，令我觉得那张黄旧的包书纸比书里的三百首诗还有意思。

夏天，父亲另有一项劳己利人的活动。他拿六七只大铝壶接满水，放在院子里晒。到下午，等小孩放学以后，那便是我家独制的"太阳水"，可以用来洗澡。至于那些大壶也不是花钱另买的，而是历年囤积的破壶。那年代没有不锈钢壶，只有铝壶，南部水硬，壶底常结碱，壶的损坏率很高。壶漏了，粘补一下，煮水不行，晒水倒可以。可惜父亲三年前跌了一跤，太阳水就没人负责制造了，我多么怀念那温暖如血液般的太阳水，如果有人告诉我洗了太阳水包治百病，我也是相信的啊！

父亲年轻时念师范，以后从军，军校六期毕业，也曾短期赴美，退役的时候是步兵学校副校长，官阶是陆军少将，总算也是个人物了。但他真正令我佩服的全然不是那些头衔，而是他和物质之间那种简单素朴的疼惜珍重。

我把他的高筒马靴偷带回台北。马靴，是父亲五十年前骑马时用的。那马靴早已经僵硬脆裂，不堪穿用了。但我要留着它，我要学会珍惜父亲的珍惜。

我想走进那则笑话里去

围坐喝茶的深夜，听到这样的笑话：

有个茶痴，极讲究喝茶，干脆去住在山高泉冽的地方，他常常浩叹世人不懂品茶。如此，二十年过去了。

有一天，大雪，他瀹水泡茶，茶香满室，门外有个樵夫叩门，说："先生啊！可不可以给我一杯茶喝？"

茶痴大喜，没想到饮茶半世，此日竟碰上闻香而来的知音，立刻奉上素瓯香茗，来人连尽三杯，大呼，好极好极，几乎到了感激涕零的程度。

茶痴问来人："你说好极，请说说看，这茶好在哪里？"

樵夫一面喝第四杯，一面手舞足蹈："太好了，太好了，我刚才快要冻僵了，这茶真好，滚烫滚烫的，一喝下去，人就暖和了。"

因为说的人表演得活灵活现，一桌子的人全笑了，促狭的人立刻现炒现卖，说："我们也快喝吧，这茶好呕！滚烫哩！"

我也笑，不过旋即悲伤。

人方少年时，总有些耽溺于美。喝茶，算是生活美学里的一部分。凡有条件可以在喝茶上讲究的人总舍不得不讲究。及至中年，才不免悯然发现，世上还有美以外的东西。

大凡人世中的美，如音乐，如书法，如室内设计，如舞蹈，总要求先天的敏锐加上后天的训练。前者是天分，当然足以傲人，后者是学养，也是可以自豪的。因此，凡具有审美眼光之人，多少都不免骄傲孤慢吧？《红楼梦》里的妙玉已是出家人，独于"美字头上"勘不破，光看她用隔年雨水招待贾母刘姥姥喝茶，喝完了，她竟连"官窑脱胎填白盖碗"也不要了——因为嫌那些俗人脏。

黛玉平日虽也是个小心自敛的寄居孤女，但一谈到美，立刻扬眉瞬目，眼中无人，不料一旦碰上妙玉，也只好败下阵来，当时妙玉另备好茶在内室相款，黛玉不该问了一句：

这也是旧年的雨水？

妙玉冷笑一声：

你这么个人，竟是个大俗人，连水也尝不出来！

这是五年前我在玄墓蟠香寺住着收的梅花上的雪，统共得了那一鬼脸青的花瓮一瓮，总舍不得吃，埋在地下，今年夏天才开了，我只吃过一回，这是第二回了。你怎么尝不出来？隔年蠲的雨水，哪有这样清淳？如何吃得？

　　风雅绝人的黛玉竟也有遭人看作俗物的时候，可见俗与不俗有时也有点像才与不才，是个比较上的问题。

　　笑话里的俗人樵夫也许可笑，但焉知那"茶痴"碰到"超级茶痴"的时候，会不会也遭人贬为俗物？

　　为了不遭人看为俗气，一定有人累得半死吧！美学其实严酷冷峻，间不容发。其无情处真不下于苛官厉鬼。

　　日本的十六世纪有位出身寒微的木下藤吉郎，一度改名羽柴秀吉，后来因为军功成为霸主，赐姓丰臣，便是后世熟知的丰臣秀吉。他位极人臣之余很想立刻风雅起来，于是拜了禅僧千利休学茶道。一切作业演练都分毫不差，可是千利休却认为他全然不上道。一日，丰臣秀吉穿过千利休的茶庵小门，见墙上插花一枝，赶紧跑到师父面前，巴巴地说了一句看似开悟的话："我懂了！"

　　千利休笑而不语——唉！我怀疑这千利休根本是故布陷阱。见到花而大叫一声"我懂了"的徒弟，自以为因而可以去领"风雅证书"了，却是全然不解风情的。我猜千利休当时的微笑极阴险也极残酷。不久之后，丰臣就借故把千利休杀了，我敢说千利休临刑之际也在偷笑，笑自己有先见之明，早就看出丰臣秀吉不能身列风雅之辈。

丰臣秀吉大概太累了，"风雅"两字令他疲于奔命，原来世上还有些东西比打仗还辛苦。不如把千利休杀了，从此一了百了。

相较之下，还是刘姥姥豁达，喝了妙玉的茶，她竟敢大大方方地说：

好虽好，就是淡了些。

众人要笑，由他去笑，人只要自己承认自己蠢俗，神经不知可以少绷断多少根。

那一夜，在众人的哄笑声中，我真想走到那则笑话里去，我想站在那茶痴面前，他正为樵夫的一句话气得跺脚，我大声劝他说："别气了，茶有茶香，茶也有茶温，这人只要你的茶温不要你的茶香，这也没什么呀！深山大雪，有人因你的一盏茶而免于僵冻，你也该满足了。是这人来——虽然是俗人——你才有机会可以得到布施的福气，你也大可以望天谢恩了。"

怀不世之绝技，目高于顶，不肯在凡夫俗子身上浪费一丝一毫美，当然也没什么不对。但肯起身为风雪中行来的人奉一杯热茶，看着对方由僵冷而舒活起来，岂不更为感人——只是，前者的境界是绝美的艺术，后者大约便是近乎宗教的悲悯淑世之情了。

渐渐地，就有了一种执意地想要守住什么的神气，

半是凶霸，半是温柔，

却不肯退让，不肯商量，

要把生活里细细琐琐的东西一一护好。

第五乐章

种种可爱

种种可爱

作为一个小市民有种种令人生气的事——但幸亏还有种种可爱，让人忍不住地高兴。

中华路有一家卖蜜豆冰的——蜜豆冰原来是属于台中的东西（木瓜牛奶也是），但不知什么时候台北也有了——门前有一副对联，对联的字写得普普通通，内容更谈不上工整，却是情婉意贴，令人动容。

上句是：我们是来自淳朴的小乡村。

下句是：要做大台北无名的耕耘者。

店名就叫"无名蜜豆冰"。

台北的可爱就在各行各业间平起平坐的大气象。

永康街有一家卖面的，门面比摊子大、比店小，常在门口换广告词，冬天是"100°C 的牛肉面"。

春天换上"每天一碗牛肉面，力拔山河气盖世"。

这比"日进斗金"好多了，我每看一次简直就对白话文学多生出一份信心。

有一天在剧场里遇见孟瑶，请她去喝豆浆，同车去的还有俞大纲老师和陈之藩夫人，他们都是戏剧家，很高兴地纵论地方剧。忽然，那驾驶员说："川剧和湖北戏也都是有帮腔的呀！"

我肃然起敬，不是为他所讲的话，而是为他说话的架势，那种与一代学者比肩谈话也不失其自信的本色。

台北的人都知道自己有讲话的份，插嘴的份。

好几年前，我想找一个洗衣兼打扫的半工，介绍人找了一位洗衣妇来。

"反正你洗完了我家也是去洗别人家的，何不洗完了就替我打扫一下，我会多算钱的。"

她小声地咕哝了一阵，介绍人郑重宣布："她说她不扫地——因为她的兴趣只在洗衣服。"

我起先几乎大笑，但接着不由得一凛，原来洗衣服也可以是一个人认真的"兴趣"。

原来即使是在"洗衣"和"扫地"之间，人也要有其一本正经的抉择，有抉择才有自主的尊严。

带一位香港的朋友坐计程车去找一个地方，那条路特别不好找，计程车司机找过了头，然后又折回来。

下车的时候，他坚持要留下多绕了冤枉路的钱。

"是我看错才走错的，怎么能收你们的钱？"

后来死推活拉，总算用折中的办法，把争执的差额付了。香港的朋友简直看得愣住了，我觉得大有面子。

祝福那位司机！

我家附近有一个卖水果的，本来卖许多种水果，后来改了，只卖木瓜。见我走过，总要说一句："老师，我现在卖木瓜了——木瓜专科。"

又过了一阵，他改口说："老师，现在更进步了，是木瓜大学了。"

我喜欢他那骄矜自喜的神色，喜欢他四个肤色润泽、活蹦乱跳的孩子——大概都是木瓜大学作育有功吧？

隔巷有位老太太，祭祀很诚，逢年过节总要上供。有一天，我经过她设在门口的供桌，大吃一惊，原来她上供的主菜竟是洋芋沙拉，另外居然还有罐头。

后来想想，倒也发觉她的可爱，活人既然可以吃沙拉和罐头，让祖宗或神仙换换口味有何不可？

她的没有章法的供菜倒是有其文化交流的意义了。

从前，在中华路平交道口，总是有个北方人在那里卖大饼，我从来没有见过那种大饼整个一块到底有多大，但从边缘的弧度看来直径总超过二尺。

我并不太买那种饼，但每过几个月我总不放心地要去看一眼，我怕吃那种饼的人愈来愈少，卖饼的人会改行。我这人就是"不放心"（和平东路拓宽时，我很着急，生怕师大当局一时兴起，把门口那开满串串黄花的铁刀木砍掉，后来一探还在，高兴得要命）。

那种硬硬厚厚的大饼对我而言差不多是有生命的，北方黄土高原上的生命，我不忍看它在中华路上慢慢绝种。

后来不知怎么搞的，忽然满街都在卖那种大饼，我安心了，真可爱，真好，有一种东西暂时不会绝种了！

华西街是一条好玩的街，儿子对毒蛇发生强烈兴趣的那一阵子我们常去。我们站在毒蛇店门口，一家一家地去看那些百步蛇、眼镜蛇、雨伞节……

"那条蛇毒不毒？"我指着一条又粗又大的问店员。

"不被咬到就不毒！"

没料到是这样一句回话，我为之暗自惊叹不已。其实，世事皆可作如是观。有浪，但船没沉，何妨视作无浪；有陷阱，但人未失足，何妨视作坦途。

我常常想起那家蛇店。

有一天，在一家公司的墙上看到这样一张小纸条：

"请随手关灯，节约能源，支援十大建设。"

看了以后，一下子觉得十大建设好近好近，好像就是家里的事，让人觉得就像自家厨房里添抽风机，或浴室里要添热水炉，或饭厅里要添冰箱的那份热闹亲切的喜气——有喜气就可以省着过日子，省得扎实有希望。

为了整修"我们咖啡屋"，我到八斗子渔港去买渔网。渔网是棉纱的，用山上采来的一种植物染成赭红色，现在一般都用尼龙的了，那种我想要的老式的棉纱渔网已成古董。

终于找到一家有老渔网的，他们也是因为舍不得，所以许多年来一直没丢，谈了半天，他们决定了价钱："二角三！"

二角三就是两千三百元新台币的意思，我只听见城里市面上的生意人把一万说成一块，没想到在偏僻的八斗子也是这样说的，大家说到钱的时候，全都不当回事，总之是大家都有钱了，把一万元说成一块钱的时候，颇有那种偷偷地志得意满而又谦逊不露的劲头。

有一阵子，我的公交月票掉了，还没有补办好再买的手续以前，我只好每次买票——但是因为平时没养成那份习惯，每看见车来，很自然地跳上去了，等发现自己没有月票，已经人在车上了。

这种时候，车掌（乘务员）多半要我就便在车上跟其他乘客买票——我买了，但等我付钱时那些卖主竟然都说："算了，不要钱了。"一次犹可，连着几次都是这样，使我着急起来，那么多好人，令人"无所逃于天地之间"，长此以往，我岂不成了"免费乘车良策"的发明人了？老是遇见好人也真是让人非常吃不消的事。

我始终没去补办月票，丢失的月票却幸运地被捡到的人辗转寄回来了，我可以高高兴兴地不再受惠于人了——不过偶然想起随便在车上都能遇见那么多肯施惠于人的好人，可见好人倒也不少，台北究竟还是个适合人住的地方。

在一家最大规模的公立医院里，看到一个牌子，忍不住笑了起来，那牌子上这样写着："禁止停车，违者放气。"

我说不出地喜欢它！

老派的公家机关，总不免摆一下衙门脸，尽量在口气上过官瘾，碰到这种情形，不免要说"违者送警"或"违者法办"。

美国人比较干脆，只简简单单地两个大字"No Parking"——"勿停"。

但口气一简单就不免显得太硬。

还是"违者放气"好，不凶霸不懦弱，一点不涉于官方口吻，而且憨直可爱，简直有点孩子气的作风——而且想来这办法绝对有效。

有个朋友姓李，不晓得走路的习惯是偏于内八字或外八字——总之，他的鞋跟老是磨得内外侧不一样厚。

他偶然找到一个鞋匠，请他换鞋跟，很奇怪的，那鞋匠注视了一下，居然说："不用换了，只要把左右互调一下就是了，反正你的两块鞋跟都还有一半是好用的！"

朋友大吃一惊，好心劝告他这样处处替顾客打算，哪里有钱赚，他却也理直气壮："该赚的才赚，不该赚的就不赚——这块鞋底明明还能用。"

朋友刮目相看，然后试探性地问他："为政府做了一辈子事，退了役还得补鞋，政府真对不起你。"

"什么？人人要这样一想还得了，其实只有我们对不起政府，政府哪有什么对不起我们的。"

朋友感动不已，嗫嗫嚅嚅地表示要送他一套旧西装（他真的怕会侮辱他），他倒也坦然接受了。

不知为什么，朋友说这个故事给我听的时候，我也不觉得陌生，而且真切得有如今天早晨我才看过那老鞋匠似的。

有一次在急诊室看医生急救病人，病人已经昏迷了，氧气罩也没用了，医生狠劲地用一个类似皮球的东西往里面压缩氧气。

至少是呼吸系统有毛病。

两个医生轮流压，像打仗似的。

渐渐地，他清醒了，但仍说不出话来，医生只好不断发问，让他点头摇头，大概问十几个问题，才碰得上一个点头的答案。

他是在路上发病的，一个亲人也没有，送他来的是一个不相干的人。

后来发现他可以写字——虽然他的眼睛一直是闭着的。

医生问他的病历，问他是不是服过某些成药，问他现在的感觉，忽然，那医生惊喜地叫了一声："写下去，写下去，再写！你写得真好——哎，你的字好漂亮。"

整个急救的过程，我都一面看一面佩服，但是当医生用欢呼的声音去赞美那个病人不成笔画的字的时候，我却为之感动得哽咽起来。

病人果真一路写下去。

也许那个病人想起了什么，虽然闭着眼睛，躺在床上仰面而写，手是从生死边缘被救回来的颤抖不已的手——但还有人在赞美他的字！也许是颜体，也许是柳体，也许什么都不是，只是一个活着的人写的字，可贵的是此刻他的字是"被赞美的字"。

那医生救人的技能来自课本，但他赞美病人的字迹却来自智慧和爱心，后者更足以使整个急救室像殿堂一样神圣肃穆起来。

有一位父执辈，颇有算八字的癖好，谁家有了刚生的孩子，他总要抢来时辰，免费服务一番——那是他难得的实习机会。

算久了，他倒有一个发现，现代孩子的命普遍都比老一辈好，他又去找同道证实，得到的结论也都一样，他于是很高兴，说："世道一定是好的了，要不是世道好，哪有那么多命好的孩子？"

我自己完全不知道八字是怎么一回事，但听到他的话仍不免欢欣雀跃，甚至肃然起敬——为那些一面在排着神秘的八字一面又不忘忧心世事的人。

在澄清湖的小山上爬着，爬到顶，有点疑惑不知该走哪一条路回去，问道于路旁的一个老兵。

那人简直不会说话得出奇，他说："看到路——就走，看到路——就走，再看到路——再走，就到了。"

我心里摇头不已，怎么碰到这么呆的指路人！

赌气回头自己走，倒发现那人说得也没错，的确是"看到路——就走"，渐渐地，也能咀嚼出一点那人言语中的诗意来，天下事无非如此，"看到路——就走"，哪有什么一定的金科玉律，一部廿五史岂不是有路就走，没有路就开路，原来万物的事理可以如此简单明了——简单明了得有如呆人的一句呆话。

西谚说，把幸运的人丢到河里，他都能口衔宝物而归。

我大概也是幸运的人，生活在这座城里，虽也有种种倒霉事，但奇怪的是，我记得住并且在心中把玩不已的全是这些可爱的片断！这些从生活的渊泽里捞起来的种种不尽的可爱。

种种有情

　　有时候，我到水饺店去，饺子端上来的时候，我总是怔怔地望着那一个个透明饱满的形体，北方人叫它"冒气的元宝"，其实它比冷硬的元宝好多了，饺子自身是一个完美的世界，一张薄茧，包覆着简单而又丰盈的美味。

　　我特别喜欢看的是捏合饺子边皮留下的指纹，世界如此冷漠，天地和文明可能在一刹那之间化为炭劫，但无论如何，当我坐在桌前，上面摆着的某个人亲手捏合的饺子，热雾腾腾中，指纹美如古陶器上的雕痕，吃饺子简直可以因而神圣起来。

　　"手泽"为什么一定要拿来形容书法呢？一切完美的留痕，甚至饺皮上的指纹不都是美丽的手泽吗？我忽然感到万物的有情。

巷口一家饺子馆的招牌是正宗川味山东饺子馆，也许是一个四川人和一个山东人合开的。我喜欢那招牌，觉得简直可以画入《清明上河图》，那上面还有电话号码，前面注着TEL，算是有了三个英文字母，至于号码本身，写的当然是阿拉伯文，一个小招牌，能涵容了四川、山东、中文、阿拉伯（数）字、英文，不能不说是一种可爱。

校车反正是每天都要坐的，而坐车看书也是每天例有的习惯。有一天，车过中山北路，劈头栽下一片叶子竟把手里的宋诗打得有了声音，多么令人惊异的断句法。

原来是从通风窗里掉下来的，也不知是刚刚新落的叶子，还是某棵树上的叶子在某时候某地方，偶然憩在偶过的车顶上，此刻又偶然掉下来的。我把叶子揉碎，它是早死了，在此刻，它的芳香在我的两掌复活，我揸开微绿的指尖，竟恍惚自觉是一棵初生的树，并且刚抽出两片新芽，碧绿而芬芳，温暖而多血，镂饰着奇异的脉络和纹路，一叶在左，一叶在右，我是庄严地合着掌的一截新芽。

两年前的夏天，我们到堪萨斯去看朱和他的全家——标准的神仙眷属，博士的先生，硕士的妻子，数目"恰恰好"的孩子，可靠的年薪，高尚住宅区里的房子，房子前的草坪，草坪外的绿树，绿树外的蓝天……

临行，打算合照一张，我四下浏览，无心地说："啊，就在你们这棵柳树下面照好不好？"

"我们的柳树？"朱忽然回过头来，正色地说，"什么叫我们的柳树？我们反正是随时可以走的！我随时可以让它不是'我们的柳树'。"

一年以后，他们全家都回来了，不知堪萨斯城的那棵树如今属于谁——但朱属于这块土地，他的门前不再有柳树了，他只能把自己栽成这块土地上的一片绿意。

春天，中山北路的红砖道上，有人手拿着用粗绒线做的长腿怪鸟在兜卖，风吹着鸟的瘦胫，飘飘然好像真会走路的样子。

有些外国人忍不住停下来买一只。

忽然，有个中国女人停了下来，她不顶年轻，大概三十左右，一看就知是由于精明干练日子过得很忙碌的女人。

"这东西很好，"她抓住小贩，"一定要外销，一定赚钱，你到××路××巷×号二楼上去，一进门有个×小姐，你去找她，她一定会想办法给你弄外销！"

然后她又回头重复了一次地址，才放心走开。

台湾怎能不富，连路上不相干的路人也会指点别人怎么做外销。其实，那种东西厂商也许早就做外销了，但那女人的热心，真是可爱得紧。

暑假里到中部乡下去，弯入一个岔道，在一棵大榕树底下看到一个身架特别小的孩子，把几根绳索吊在大树上，他自己站在一张小板凳上，结着简单的结，要把那几根绳索编成一个网花盆的吊篮。

他的母亲对着他坐在大门口，一边照顾着杂货店，一边也编着美丽的结，蝉声满树，我停下来和那妇人搭讪，问她卖不卖，她告诉我不能卖，因为厂方签好契约是要外销的。带路的当地朋友说他们全是不露声色的财主。

我想起那年在美国逛梅西百货公司，问柜台小姐那台录音机是不是台湾做的，她回了一句："当然，反正什么都是日本跟台湾来的。"

我一直怀念那条乡下无名的小路，路旁那一对富足的母子，以及他们怎样在满地绿荫里相对坐编那织满了蝉声的吊篮。

我习惯请一位姓赖的油漆工人，他是客家人，哥哥做木工，一家人彼此生意都有照顾。有一年我打电话找他们，居然不在，因为到关岛去做工程了。

过了一年才回来。

"你们也是要三年出师吧？"有一次我没话找话跟他们闲聊。

"不用，现在两年就行。"

"怎么短了？"

"当然，现代人比较聪明！"

听他说得一本正经，我顿时对人类的前途都乐观了起来，现代的学徒不用生炉子，不用倒马桶，不用替老板娘抱孩子，当然两年就行了。

我一直记得他们一口咬定现代人比较聪明时脸上那份尊严的笑容。

老王是一个包工头，圆滚滚的身材加上圆头圆脸圆眼睛——甚至还有个圆鼻子。

可是我一直觉得他简直诗意得厉害。

一张估价单，他也要用毛笔写，还喜欢盯着人问："怎么？这笔字不顶难看吧？"

碰到承包大工程，他就要一个人躲到乌来去，在青山绿水之间仔细推敲工和料的盈亏。

有一次，偶然闲谈，他兴高采烈地提到他在某某地方做过工程。那是一个军事单位。

"有人说那里有核弹，你看到没有？"

"当然有！"

"有，又怎么会让你看见？"我笑了起来。

"老实说，我也没看见，"他也笑起来，不过仍是理直气壮的，"不过，有，我也说有；没有，我也说有；反正我就是硬要说它有。我们做老百姓的就是这样。"

有没有核弹忽然变得不重要，有老王这样的人才是件可爱的事。

学校下面是一所大医院，黄昏的时候，病人出来散步，有些探病的人也三三两两地散步。

那天，我在山径上便遇见了几个这样的人。

习惯上，我喜欢走慢些去偷听别人说话。

其中有一个人，抱怨钱不经用，抱怨着抱怨着，像所有的中老年人一样，话题忽然就回到四十年前一块钱能买几百个鸡蛋的老故事上去了。

忽然，有一个人憋不住地叫了起来："你知道吗？抗战前，我念初中，有一次在街上捡到一张钱，哎呀，后来我等了一个礼拜天，拿着那张钱进城去，吃了馆子，又吃了冰淇淋，又买了球鞋，又买了字典，又看了电影，哎呀，钱居然还没有花完哪……"

山径渐高，黄昏渐冷。

我驻下脚，看他们渐渐走远，不知为什么，心中涌满了对黄昏时分霜鬓的陌生客的关爱，四十年前的一个小男孩，曾被突来的好运弄得多么愉快，四十年后山径上薄凉的黄昏，他仍然不能忘记……不知为什么，我忽然觉得那人只是一个小男孩，如果可能，我愿意自己是那掉钱的人，让人世间平白多出一段传奇故事……

无论如何，能去细味另一个人的惆怅也是一件好事。

元旦的清晨，天气异样地好，不是风和日丽的那种好，是清朗见底、毫无渣滓的一种澄澈。我坐在计程车上赶赴一个会，路遇红灯时，车龙全停了下来，我无聊地探头窗外，只见两个年轻人骑着机车，其中一个说了几句话，忽然兴奋地大叫起来："真是个好主意啊！"我不知他们想出了什么好主意，但看他们阳光下无邪的笑脸，也忍不住跟着高兴起来，不知道他们的主意是什么，但能在偶然的红灯前遇见一个以前没见过以后也不会见到的人，真是一个奇异的机缘。他们的脸我是记不住的，但那不重要，重要的是我记得他们石破天惊的欢呼，他们或许去郊游，或许去野餐，或许去访问一个美丽的笑靥如花的女孩，他们有没有得到他们预期的喜悦，我不知道，但至少我得到了，我惊喜于我能分享一个陌路的未曾成形的喜悦。

有一次，路过香港，有事要和乔宏的太太联络，习惯上我喜欢凌晨或午夜打电话——因为那时候忙碌的人才可能在家。

"你是早起的还是晚睡的？"

她愣了一下。

"我是既早起又晚睡的，孩子要上学，所以要早起；丈夫要拍戏，所以晚睡——随你多早多晚打来都行。"

这次轮到我愣了，她真厉害，可是厉害的不止她一个人。其实，所有为人妻、为人母的大概都有这份本事——只是她们看起来又那样平凡，平凡得自己都弄不懂自己竟有那么大的本领。

女人，真是一种奇怪的人，她可以没有籍贯、没有职业，甚至没有名字地跟着丈夫活着，她什么都给了人，她年老的时候拿不到一文退休金，但她却活得那么有劲头，她可以早起，可以晚睡，可以吃得极少，可以永无休假地做下去。她一辈子并不清楚自己是在付出还是在拥有。

资深主妇真是一种既可爱又可敬的角色。

文艺会谈结束的那天中午，我因为要赶回宿舍找东西，午餐会迟到了三分钟，慌慌张张地钻进餐厅，大家都按席次坐好了，已经开始吃了，忽然有人招呼我过去坐，那里刚好空着一个座位，我不加考虑地就走过去了。

等走到面前，我才呆了，那是谢东闵先生右首的位子，刚才显然是由于大家谦虚而变成了空位，此刻却变成了我这个冒失鬼的位子，我浑身不自在起来，跟"大官"一起总是件令人手足无措的事。

忽然，谢先生转过头来向我道歉："我该给你夹菜的，可是，你看，我的右手不方便，真对不起，不能替你服务了，你自己要多吃点。"

我一时傻眼望着他，以及他的手，不知该说什么。那只伤痕犹在的手忽然美丽起来，炸得掉的是手指，炸不掉的是一个人的风格和气度。我拼命忍住眼泪，我知道，此刻，我不是坐在一个"大官"旁边，而是一个温煦的"人"的旁边。

经过火车站的时候，我总忍不住要去看留言牌。

那些粉笔字，不知道铁路局允许它们保留半天或一天，它们不是宣纸上的书法，不是金石上的篆刻，不是小笺上的墨痕，它们注定立刻便要消逝——但它们存在的时候，是多好的一根丝绦，就那样绾住了人间种种的牵牵绊绊。

我竟把那些句子抄了下来：

缎：久候未遇，已返，请来龙泉见。

春花：等你不见，我走了（我两点再来）。荣。

展：我与姨妈往内埔姐家，晚上九时不来等你。

每次看到那样的字总觉得好，觉得那些不遇、焦灼、愚痴中也自有一份可爱，一份人间的必要的温度。

还有一个人，也不署名，也没称谓，只扎手扎脚地写了"吾走矣"三个大字，板黑字白，气势好像要突破挂板飞去的样子。也不知道究竟是写给某一个人看的，还是写给过往来客的一句诗偈，总之，令人看得心头一震！

《红楼梦》里麻鞋鹑衣的疯道人可以一路唱着《好了歌》，告诉世人万般"好"都是因为"了断"尘缘，但为什么要了断呢？每次我望着大小驿站中的留言牌，总觉万般的好都是因为不了不断、不能割舍而来的。

天地也无非是风雨中的一座驿亭，人生也无非是种种羁心绊意的事和情，能题诗在壁总是好的！

一握头发

洗脸池右角胡乱放着一小团湿头发，犯人很好抓，准是女儿做的，她刚才洗了头。

讨厌的小孩，自己洗完了头，却把掉下来的头发放在这里不管，什么意思？难道要靠妈妈一辈子吗？我愈想愈生气，非要去教训她一场不可！

抓着那把头发，这下子是人赃俱获，还有什么可以抵赖，我朝她的房间走去。

忽然，我停下脚来。

她的头发在我的手指间显得如此细软柔和。我轻轻地搓了搓，这分明只是一个小女孩的头发啊，对于一个乖巧的肯自己洗头发的小女孩，你还能苛求她什么呢？

而且，她柔软的头发或者是继承了我的吧。许多次，洗头发的小姐对我说："你的头发好软啊！"

"噢——"

"头发软的人好性情。"

我笑笑，作为一个家庭主妇，不会有太好的性情吧？

古人以三十年为一世，我现在握着女儿的细细的柔发，有如握着一世以前自己的发肤。

我走到女儿的房间，她正聚精会神地在看一本故事书。

"晴晴，"我简单地对她说，"你洗完头以后有些头发没有丢掉，放在洗脸池上。"

她放下故事书，眼中有着等待挨骂的神气。

"我刚才帮你丢了。但是，下一次，希望你自己去丢。"

"好的。"她很懂事地说。

我走开，让她继续走入故事的途径——以前，我不也是那样的吗？

春之怀古

春天必然曾经是这样的：从绿意内敛的山头，一把雪再也撑不住了，扑哧的一声，将冷脸笑成花面，一首渐渐然的歌便从云端唱到山麓，从山麓唱到低低的荒村，唱入篱落，唱入一只小鸭的黄蹼，唱入软溶溶的春泥——软如一床新翻的棉被的春泥。

那样娇，那样敏感，却又那样混沌无涯。一声雷，可以无端地惹哭满天的云。一阵杜鹃啼，可以斗急了一城杜鹃花。一阵风起，每一棵柳都吟出一则则白茫茫、虚飘飘、说也说不清、听也听不清的飞絮，每一丝飞絮都是一株柳的分号。反正，春天就是这样不讲理、没逻辑，而仍可以好得让人心平气和。

春天必然曾经是这样的：满塘叶黯花残的枯梗抵死苦守

一截老根，北地里千宅万户的屋梁受尽风欺雪压，犹自温柔地抱着一团小小的空虚的燕巢。然后，忽然有一天，桃花把所有的山村水郭都攻陷了。柳树把皇室的御沟和民间的江头都控制住了——春天有如旌旗鲜明的王师，因长期虔诚的企盼祝祷而美丽起来。

而关于春天的名字，必然曾经有这样的一段故事：在《诗经》之前，在《尚书》之前，在仓颉造字之前，一只小羊在啃草时猛然感到的多汁，一个孩子在放风筝时猛然感觉到的飞腾，一双患风痛的腿在猛然间感到的舒活，千千万万双素手在溪畔在塘畔在江畔浣纱的手所猛然感到的水的血脉……当他们惊讶地奔走互告的时候，他们决定将嘴噘成吹口哨的形状，用一种愉快的耳语的声量来为这季节命名——"春"。

鸟又可以开始丈量天空了。有的负责丈量天的蓝度，有的负责丈量天的透明度，有的负责用那双翼丈量天的高度和深度。而所有的鸟全不是好的数学家，他们吱吱喳喳地算了又算，核了又核，终于还是不敢宣布统计数字。

至于所有的花，已交给蝴蝶去点数。所有的蕊，交给蜜蜂去编册。所有的树，交给风去纵宠。而风，交给檐前的老风铃去一一记忆、一一垂询。

春天必然曾经是这样，或者，在什么地方，它仍然是这样的吧？穿越烟囱与烟囱的黑森林，我想走访那踯躅在湮远年代中的春天。

细细的潮音

　　每到月盈之夜，我恍惚总能看见一幢筑在悬崖上的小木屋，正启开它的每一扇窗户，谛听远远近近的潮音。

　　而我们的心呢？似乎已经习惯于一个无声的世代了。只是，当满月的清辉投在水面上，细细的潮音便来撼动我们沉寂已久的心，我们的胸臆间遂又鼓荡着激昂的风声水响！

　　那是个夏天的中午，太阳晒得每一块石头都能烫人。我一个人撑着伞站在路旁等车，空气凝成一团不动的热气。而渐渐地，一个拉车的人从路的尽头走过来了。我从来没有看过走得这样慢的人。满车的重负使他的腰弯到几乎头脸要着地的程度。当他从我面前经过的时候，我忽然发现有一滴像大雨点似的汗，从他的额际落在地上，然后，又是第二滴。

我的心刹那间给抽得很紧，在没有看到那滴汗以前，我是同情他，及至发现了那滴汗，我立刻敬服他了——一个用筋肉和汗水灌溉着大地的人。好几年了，一想起来总觉得心情激动，总好像还能听到那滴汗水掷落在地上的巨响。

一个雪晴的早晨，我们站在合欢山的顶上，弯弯的涧水全都被积雪淤住。忽然，觉得故国的冬天又回来了。一个台籍战士兴奋地跑了过来。

"前两天雪下得好深啊！有一米呢！我们走一步就铲一步雪。"

我俯身拾了一团雪，在那一盈握的莹白中，无数的往事闪烁，像雪粒中不定的阳光。

"我们在堆雪人呢，"那战士继续说，"还可以用来打雪仗呢！"

我望着他，却说不出一句话，也许只在一个地方看见一次雪景的人是比较有福的。只是在万里外的客途中重见儿时的雪，却是一件悲惨的故事。我抬起头来，千峰壁立，松树在雪中固执地绿着。

到达麻风病院的那个黄昏已经是非常疲倦了。走上石梯，简单的教堂便在夕晖中独立着。长廊上有几个年老的病人并坐，看见我们一起都站了起来，久病的脸上闪亮着诚恳的笑容。

"平安。"他们的声音在平静中显出一种欢愉的特质。

"平安。"我们哽咽地回答，从来没有想到这样简单的字能有这样深刻的意义。

那是一个不能忘记的经验，本来是想去安慰人的，怎么也想不到反而被人安慰了。一群在疾病中和鄙视中喘延的人，一群无辜的不幸者，居然靠着信仰能笑出那样勇敢的笑容。至于夕阳中那安静、虔诚而又完全饶恕的目光，对我们健康人的社会又是怎样一种责难啊！

还有一次，午夜醒来，后庭的月光正在涨潮，满园的林木都淹没在发亮的波澜里。我惊讶地坐起，完全不能置信地望着越来越浓的月光，一时不知道自己究竟是在快乐，还是在忧愁。只觉得身如小舟，悠然浮起，浮向似乎很近又似乎很远的青天。而微风里橄榄树细小的白花正飘着，落着，通往后院的阶石在月光下被落花堆积得有如玉砌一般。我忍不住欢喜起来，活着真是一种极大的幸福——这样晶莹的夜，这样透明的月光，这样温柔的、落着花的树……

生平读书，最让我感慨的莫过于廉颇的遭遇。在那样不被见用的老年，他有着多少凄怆的低徊。昔日赵国的大将，今日已是伏枥的老骥了。当使者来的时候，他为之"一饭斗米，肉十斤，披甲上马，以示尚可用"的苦心是怎样的悲哀。而终于还是受了谗言不能擢用，那悲哀就更深沉了。及至被楚国迎去了，黯淡的心情使他再没有立功的机运。终其后半生，只说了一句令人心酸的话："我思用赵人。"

想想，在异国，在别人的宫廷里，在勾起舌头说另外一种语言的土地上，他过的是一种怎样落寂的日子啊！名将自古也许是真的不许见白头吧！当他叹道"我想用我用惯的赵人"的时候，又意味着一个怎样古老、苍凉的故事！而当太史公记载这故事、我们在两千年后读这故事的时候，多少类似的剧本又在上演呢？

又有一次读韦庄的一首词，也为之激动了好几天。所谓"温柔敦厚"应该就是这种境界吧？那首词是写一个在暮春的小楼上独立凝望的女子，当她伤心不见远人的时候，只含蓄地说了一句话："千山万水不曾行，魂梦欲教何处觅。"不恨行人的忘归，只恨自己不曾行过千山万水，以致魂梦无从追随。那种如泣如诉的真情，那种不怨不艾的柔怀，给人极其凄婉低迷的感受，那是一则怎样古典的爱情啊！

还有一出昆曲《思凡》，也令我震撼不已。我一直想找出它的作者，曾经请教了我非常敬服的一位老师，他也只说："词是极好的词，作者却找不出来了，猜想起来大概是民间的东西。"我完全同意他的见解，这样拔山倒海的气势，斩铁截钉的意志，不是正统文人写得出来的。

当小尼赵色空立在无人的回廊上，两旁列着威严的罗汉，她却勇敢地唱着："他与咱，咱与他，两下里多牵挂，冤家，怎能够成就了姻缘，就死在阎王殿前，由他把那碓来舂，锯来解，把磨来挨，放在油锅里去炸。啊呀，由他。只见那活人受罪，哪曾见死鬼戴枷。啊呀，由他，火烧眉毛且顾眼下。"接着她一口气唱着："哪里有天下园林树木佛，哪里有枝枝叶叶光明佛，哪里有江湖两岸流沙佛，哪里有八万四千弥陀佛。从今去把钟楼佛殿远离却，下山去寻一个年少哥哥，凭他打我、骂我、说我、笑我，一心不愿成佛，不念弥陀般若波罗。……但愿生下一个小孩儿，却不道是快活煞了我。"

每听到这一段，我总觉得心血翻腾，久久不能平伏。几百年来，人们一直以为这是一个小尼姑思凡的故事。何尝想到这实在是极强烈的人文思想。那种人性的觉醒，那种向传统唾弃的勇气，那种不顾全世界鄙视而要开拓一个新世纪的意图，又岂是满园嗑瓜子的脸所能了解的？

一个残冬的早晨，车子在冷风中前行，收割后空旷的禾场蔓延着，冷冷清清的阳光无力地照耀着。我木然而坐，翻看一本没有什么趣味的书，忽然，在低低的田野里，一片缤纷的世界跳跃而出。"那是什么？"我惊讶地问着自己，及至看清楚是一大片杂色的杜鹃，却禁不住笑了起来。这种花原来是常常看到的，春天的校园里几乎没有一个石隙不被它占去的呢！在瑟缩的寒流季里，乍然相见的那份喜悦，却完全是另外一种境界了。甚至在初见那一片灿烂的彩色时，直觉里只感觉到一种单纯的喜悦，还以为那是一把随手散开来的梦，被遗落在田间的呢！到底它是花呢？是梦呢？还是虹霓坠下时碎成的片段呢？或者，什么也不是，只是佛家所说偶然幻化的留影呢？

博物馆里的黄色帷幕垂着，依稀地在提示着古老的帝王之色。陈列柜里的古物安静地深睡了，完全无视于落地窗外年轻的山峦。我轻轻地走过每件千年以上的古物，我的影子映在打蜡的地板上，旋又消失。而那些细腻朴拙的瓷器、气象恢宏的画轴、纸色半枯的刻本、温润无瑕的玉器，以及微现绿色的钟鼎，却凝然不动地闪着冷冷的光。隔着无情的玻璃，看这个幼稚的世纪。

望着那犹带中原泥土的故物，我的血忽然澎湃起来。走过历史，走过辉煌的传统，我发觉我竟这样爱着自己的民族、自己的文化。那时候，莫名地想哭，仿佛一个贫穷的孩子，忽然在荒废的后园里发现了祖先留下来充满宝物的坛子，上面写着"子孙万世，永宝勿替"。那时，才忽然知道自己是这样富有——而博物院肃穆着，如同深沉的庙堂，使人有一种下拜的冲动。

在一本书上，我看到史怀哲博士的照片。他穿着极简单的衣服，抱膝坐在一块大石头上。背景是一片广漠无物的非洲土地，益发显出他的孤单。照画面的光线看来，那似乎是一个黄昏。他的眼睛在黯淡的日影中不容易看出是什么表情，只觉得他好像是在默想。我不能确实说出那张脸表现了一些什么，只知道那多筋的手臂和多纹的脸孔像大浪般，深深地冲击着我。或许他是在思念欧洲吧？大教堂里风琴的回响，歌剧院里的紫色帷幕也许仍模糊地浮在他的梦里。这时候，也许是该和海伦在玫瑰园里喝下午茶的时候，是该和贵妇们谈济慈和尼采的时候。然而，他却在非洲，住在一群悲哀的、黑色的、病态的人群中，在赤道的阳光下，在低矮的窝棚里，他孤孤单单地爱着。

我骄傲，毕竟在当代三十二亿张脸孔中，有这样一张脸！那深沉、瘦削、疲倦、孤独而热切的脸，这或许是我们这贫穷的世纪中唯一的产业。

当这些事，像午夜的潮音来拍打岸石的时候，我的心便激动着。如果我们的血液从来没有流得更快一点，我们的眼睛从来没有燃得更亮一点，我们的灵魂从来没有升华得更高一点，日子将变得怎样灰黯而苍老啊！

不是常常有许多小小的事来叩打我们心灵的木屋吗？可是为什么我们老是听不见呢？我们是否已经世故得不能被感动了？让我们启开每一扇窗门，去谛听这细细的潮音，让我们久暗的心重新激起风声水响！

酿酒的理由

　　春天，柠檬还没有上市，我就赶不及地做了两坛柠檬酒。

　　封坛的那天，心情极其慎重，我把那未酿成的汁液谛视良久，终于模糊地搞清楚自己为什么那么急、那么疯。

　　理由之一是自己刚从国外回来，很想重新拥有一份本土的芳醇。记得有一天，起得极早，只为去小店里喝一碗豆浆，并且吃那种厚实的菱形烧饼，或者在深夜到和式的露店里吃一份烤味噌鱼的消夜。每走在街上，两侧是复杂而"多元化"的食物的馨香。多么喜欢看见蒙古烤肉在素食店的隔壁，多么喜欢意大利饼和饺子店隔街对望，多么喜欢汉堡和四神汤各有其食客。对我而言，这种尊重各种胃纳的世界几乎就已经是大同世界的初阶了。爱一个地方的方法极多，其中最简单而直接的方法之一是"吃那个地方的食物"。对我而言，每一种食物都有如南洋的榴梿——那里的华人相信，只有爱上那种异味的人，才会真正甘心在那里徘徊流连。

如果一个人不爱上万峦猪脚、新竹贡丸、埔里米粉以及牛肉面、杧果、莲雾、百香果，我总不相信他真能踏实地爱台湾。

酿一坛酒就是把本土的糖、红标米酒和芳香噗人的柠檬搅和在一起，等待时间把它凝定成自己本土的气味。

理由之二是酿一坛酒的时候几乎觉得自己就是一个雏形的上帝——因为手中有一项神迹正在进行。古人以酒礼天，以酒奠亡灵，以酒祝婚姻，想必即是因为每一坛酒都是一项奥秘，一度神迹，一种介乎可成与可败之间、介乎可掌握与不可掌握之间的万般可能。凡人如我，怎么可能"参天地之化育""缔造化之神功"？但亲手酿一坛酒却庶几近之。那时候你会回到太古，《创世纪》才刚刚写下第一行，整个故事呼之欲出，一支笔蓄势待发，整张羊皮因等待被书写一段情节而无限地舒伸着……

理由之三是酒是一种"时间的艺术"，家中有了一坛初酿的酒，岁月都因期待而变得涨漾不安乃至美丽起来。人虽站在厨房的油烟里，眼睛却望着那坛酒，如同望着一个约会，我终于断定自己是一个饮与不饮都不重要的半吊子饮者。对我而言，重要的反而是那份"期待的权利"，在微微的焦灼、不耐和甜蜜感中，我日复一日隔着玻璃凝视封口之内的酒的世界。

仅仅只须着手酿一坛酒，居然就能取得一个国籍——在名为"希望"的那个国度里，世间还有比这种投资更划得来的事吗？

想当年那些绍兴人，在女儿一出世的时候便做下许多坛米酒埋在地窖里，好等女儿出嫁时用来待客，其间有多么深婉的情意啊！那酒因而叫"女儿红"，真是好得不能再好的名字，令人想起桃花之坞，想起新荷之塘，想起水上琴弦，以及故意俯身探到窗前来的月光，一样地使人再多一丝触想便要成泪。

想那些酿酒的母亲，心情不知是如何的？当酒色初艳，母亲的心究竟是乍喜抑是乍悲？当女儿的头发愈来愈乌黑浓密，发下的脸愈来愈灿若流霞，大自然中一场大醺酿已经完成。酒已待倾，女儿正待嫁，待倾之酒明丽如女子的情泪，待嫁之女亦芳醇如乍启的激滟，当此之时，做母亲的心情又是怎样的？

而我的柠檬酒并没有这等"严重性"，它仅仅是六个礼拜后便可一试的浅浅的芳香。没有那种大喜大悲的沧桑，也不含那种亦快亦痛的宕跌——但也许这样更好一点，让它只是一桩小小的机密，一团悠悠的期待，恰如一叠介于在乎与不在乎之间可发表亦可不发表的个人手稿。

酿一坛酒使我和"时间"处得更好。每一个黄昏，当我穿过市声与市尘回到这一小方宁馨的所在，我会和那亲爱的酒坛子打一声招呼说："嗨，你今天看起来比昨天更漂亮了！"

拥有一坛酒的人把时间残酷的减法演算成了仁慈的加法。这样看来一坛酒不只是一坛饮料，而且也是一件法器，一旦有了它，便可以玩出一套奇异的法术：让一切的消失返身重现，让一切的飞逝反成增加。拥有一坛酒的人是古代的史官，站在日日进行的情节前，等待记录一段历史的完成。

酿酒的理由之四是可以凭此想起以前的乃至以后的和此酒有关的友人，这样淡薄的饮料虽不值识者一笑，却也是许多欢聚中的一抹颜色，朋友的幽默，朋友的歌哭，朋友的睿智，乃至于他们的雄辩和缄默，他们的激扬和沉潜，他们的洒脱和朴质，都在松子色的酒光里一一重现。酒在未饮之前是神奇的预言书，在既饮之后则又是耐读的历史书。沿着酒杯的"矿苗"挖下去，你或者掘到朋友的长歌，或者触到朋友的泪痕，至少，你也会碰到朋友的恬淡——但无论如何你总不会碰到"空白"。

如此说来，还不该酿一坛酒吗？

酿酒的理由之五非常简单——我在酒里看到我自己，如果孔子是待沽的玉，则我便是那待斟的酒，以一生的时间去酝酿自己的浓度，所等待的只是那一刹的倾注。

安静的夜里，我有时把玻璃坛搬到桌上，像看一缸热带鱼一般盯着它看，心里想，这奇怪的生命，它每一秒钟的味道都和上一秒钟不同呢！一旦身为一坛酒，就注定是不安的、变化的、酝酿的。如果酒也有知，它是否也会打量皮囊内的我而出神呢？它或者会想："那皮囊倒是一具不错的酒坛呢！只是不知道坛里的血肉能不能酝酿出什么来？"

那时候我多想大声地告诉它："是啊，你猜对了，我也是酒，酝酿中，并且等待一番致命的倾注！"

也许酿一坛酒，在四月，是一件好得根本可以不需要理由的事，可是，我恰好拣到一堆理由，特别记述如上，提供作为下次想酿酒时的借口。

第一个月盈之夜

月亮节

世上爱月的民族，中国人要算一个。

犹太人、阿拉伯人虽然也爱月，却不似中国人弄出一年五个"月亮节"出来。

第一个月亮节便是元宵，一年里的第一度月圆，这时候虽然一时还天寒地冻，却不免有潜伏的春意在各地部署，并且蠢蠢欲动。

第二个月亮节是二月十五日，也叫花朝，据说是百花的生日，花真聪明，怎么刚好就找到第二度月圆作生日呢？想必是群芳商量好了，从大地母亲的肚子上剖腹而生，为了纪念那圆浑的母腹，她们以月盈夜为生日。

第三个是中元节，严格地说起来是给鬼过的月亮节，其实鬼心虚虚怯怯，未必喜欢月明之夜呢！不过人世里的活人总以为他们会留下那份固执的回忆，仍然爱着那丸透明莹澈的团栾月。

第四个是中秋节，时令到了八月半，整个大地都圆熟了，乃设起人间的圆瓜圆饼圆果来遥拜圆月。中国人的拜月只如朋友见面相揖，并无"拜月教"的慎重，却反而有一份自然质朴的相知之情，一时之间恍惚只觉口中吃的竟是月光，天上悬的反是宇宙的瓜果了。台湾旧俗有"照月光"事，便是令妇人观月浴月，谓之容易怀孕。此事或于中秋或于元宵进行，想来是由于月亮由消至盈的神秘过程令人迷惑，觉得那也是一番大孕育吧？

第五个也称"下元节"，只祭祖，在十月十五日。

月亮与灯

据说，月亮从太阳学会发光——而灯，却从月亮学会发光，灯应该是太阳的再传弟子。

我们虽有五个月亮节，却只有上元与中秋和月亮有比较直接的关系。中秋夜用瓜果饼饵来摹拟月，上元夜则用花灯来摹拟月。灯是自我设限的火，极谨守极谦退，从来不想去燎原，去焚山，只想守住小小的光焰，只想本分地照出一小团可信赖的光辉。灯是招之即来、挥之即去的光，像旧式的母亲，婉转随儿女，却又自有其尊贵。

谁家见月能闲坐

谁家见月能闲坐？
何处逢灯不看来！

那是唐朝诗人崔液绝句《上元夜》里的句子。

去年元夜时
花市灯如昼
月上柳梢头
人约黄昏后
今年元夜时
月与灯依旧
不见去年人
泪湿青衫袖

这阕《生查子》相传或是朱淑真的，当然也有说是别人写的，我倒是宁可相信它出于一位女词人之手。

男性词人的元夜感怀，不免比女子少一份柔情多一份苍凉，像张抡的《烛影摇红》便是如此：

驰隙流年

恍如一瞬星霜换

今宵谁念泣孤臣

回首长安远

可是尘缘未断

漫惆怅华胥梦短

满怀幽恨

数点寒灯

几声孤雁

姜白石的《鹧鸪天》，所记的也是元夕的悲怆：

春未绿

鬓先丝

人间别久不成悲

谁教岁岁红莲夜

两处沉吟各自知

刘克庄的《生查子》也有类似的无奈：

繁灯夺霁华

戏鼓侵明发

物色旧时同

情味中年别

元夜词里最被后人赏识的恐怕是辛稼轩的《青玉案》了:

东风夜放花千树

更吹落星如雨

宝马雕车香满路

凤箫声动

玉壶光转

一夜鱼龙舞

蛾儿雪柳黄金缕

笑语盈盈暗香去

众里寻他千百度

蓦然回首

那人却在灯火阑珊处

辛稼轩写的是一阕词,但是八百年后却有人把它当一则诗谜来忖度。

八百年前一诗谜

上元之夜，是月亮节，是灯节以及谜语节。

月是天上的灯，灯是地下的月，而谜语呢，谜语是人心内在的月光，启动最初的智慧，是照亮灵明处的一线幽辉。

所有的孩子都喜欢谜语。

所有的神话里的英雄，都必须通过谜语。

而稼轩的词，算不算一则谜语呢，那其间又有什么深意？八百年后的王静安坐在书桌前，写他的《人间词话》。

他是一个细腻的学者，纤柔敏感。

"尼采谓一切文学，"他在纸上写下，"余爱以血书者，后主之词，真所谓以血书者也。"

用尼采来论后主，这便是静安先生了。他又继续写下去，宁静的眼神里渐渐透出热切的凝注：

> 古今之成大事业大学问者，必经过三种之境界：
> 昨夜西风凋碧树
> 独上高楼
> 望尽天涯路
> 此第一境也。
> 衣带渐宽终不悔

为伊消得人憔悴

此第二境也。

众里寻他千百度

蓦然回首

那人却在灯火阑珊处

此第三境也。

写完三个境界，他掷笔兀然了。这三首词的作者，晏殊、柳永和辛稼轩会同意他的说法吗？

他们并不曾设下谜话，他却偏要品味作者自己也不曾确知的语言背后的玄机，他是对的吗？

也许，所有的诗、所有的词、所有的拈花微笑的禅意都是谜吧？"众里寻他千百度"，寻的是什么呢？寻的是上元夜芸芸众生里的青衫或红袖？抑是自己心头的一点渴望？

第一个月盈之夜

一年里的第一个月盈之夜，此夜唯一的责任是欢乐。

一年里唯一的灯节，此夕应看遍人间繁华。

一年里唯一猜人也被人猜的日子，生命的虚虚实实，真真幻幻，除了谜语，还有什么更好的媒体可以说明？

祝福人世，祝福你——你这与我共此明月、共此繁灯、共此人生之谜的人。

自作主张的水仙花

年前一个礼拜，我去买了一盆水仙花。

"它会刚好在过年的时候开吗？"

"是呀！"老板保证，"都是专家培育的，到过年刚好开。"

我喜滋滋地捧它回家，不料，当天下午它就试探性地开了两朵。

第二天一早，七八朵一齐集体犯规。

第三天，群花飘发，不可收拾。

第四天，众蓓蕾尽都叛节，全丛一片粉白郁香。

我跌足叹息。完了，我想，到过年，它们全都谢光了，而我又不见得找得出时间来再上一次花市。没有水仙花的年景是多么伧俗可怜啊！

我气花贩骗我，又恨这水仙花自作主张，也不先问问礼俗，竟赶在新年前把花开了。

正气着，转念一想，又为自己的霸道骇然。人家水仙花难道就不能有自己的花期吗？凭什么非要叫它依照我的日程规章行事不可？这又不是军事演习，而我又不是它的指挥官。

我之所以生花的气，大概是由于我事先把它看成了"中国水仙"（洋人的水仙和我们的不一样，洋水仙像洋妞，硕壮耀眼，独独缺少一番细致的幽韵和清芬），既是中国水仙，怎能不谙知中国年节？

可是今年过年晚了点，都是去年那个闰八月闹的（那个闰八月吓破了多少人的胆啊！），弄到二月十九日才来过年，水仙花忍不住，便自顾自地先开了，我怎么可以怪罪它呢？

"我是北地忍不住的春天"，那是郑愁予的诗，好像单单为了这株水仙写的。它忍不住了，它非开不可，你又能把它怎么样？

自古以来，催花早开的故事倒是有的。譬如说，武则天就干过，《镜花缘》里，百花仙子出外下了一局棋，没想到女皇帝竟颁了敕令，叫百花抢先偷跑，赶在花期之前来为她的盛宴凑兴。众花仙一时糊涂，竟依令行事。这次犯了花规花戒，导致日后众花仙纷纷贬入凡尘，成就了一段俗世姻缘。我至今看到清丽馨雅的女子，都不免认定她们是花仙投胎的。

唐明皇也曾临窗纵击羯鼓，催促桃杏垂柳大驾光临。照现代流行话说，就是唐明皇加入了朱宗庆打击乐训练班，并且他相信花朵听得懂音乐节奏，他要颠覆花的既有秩序，他要打破花国威权。他全力击鼓，他要为花朵解严解禁。故事中，他居然成功了。

"就为这一件事，你们也不得不佩服我，把我看作天公啊！"他四顾自雄地叫道。

我不是环佩锵然、在扬眉之际已底定四海的武则天，也非梨园鼓吹、风流俊赏的玄宗皇帝。我既没有跨越仙界催花鼎沸的手段，也缺乏挽留花期，使之迁延曼迟的本领。我是凡人，只能呆呆地看着花开花谢，全然无助。

水仙终于全开了，喝令它不许开是不奏效的，但好在我还能改变自己，让自己终于同意高高兴兴去品赏一盏清雅的水仙，在年前。它是这样美，这样芳香，决不因它不开在大年初一而有所减色。

故事后来以喜剧结尾，有人又送来了另一钵水仙。这另一钵水仙，在除夕夜开了花，正赶上年景。但我还是为第一盆早开的水仙而感谢，它不仅提供了美丽，也提供了寓言，让我知道，水仙，也是可以自作其主张的。

（击鼓催花的故事极美，忍不住抄录在这里奉送：

尝遇二月初……时当宿雨初晴，景物明丽。小
殿内廷，柳杏将吐，睹而叹曰："对此景物，岂得

不与他判断之乎？"左右相目，将命备酒，独高力士遣取羯鼓。上旋命之临轩纵击一曲，曲名《春光好》。神思自得，顾及柳杏，皆已发拆，上指而笑谓嫔御曰："此一事，不唤我作天公可乎？"）

年年岁岁岁岁年年

一

渐渐地，就有了一种执意地想要守住什么的神气，半是凶霸，半是温柔，却不肯退让，不肯商量，要把生活里细细琐琐的东西一一护好。

二

一向以为自己爱的是空间，是山河，是巷陌，是天涯，是灯光晕染出来的一方暖意，是小小陶钵里的"有容"。

然后才发现自己也爱时间，爱与世间人"天涯共此时"。在汉唐相逢的人已成就其汉唐，在晚明相逢的人也谱罢其晚明。而今日，我只能与当世之人在时间的长川里停舟暂相问，只能在时间的流水席上与当代人传杯共盏。否则，两舟一错桨处，觥筹一交递时，年华岁月已成空无。

天地悠悠，我却只有一生，只握一个筹码，手起处，转骰已报出点数，属于我的博戏已告结束。盘古一辨清浊，便是三万六千载，李白《蜀道难》难忘的年光，忽忽竟有四万八千岁，而天文学家动辄抬出亿万年，我小小的想象力无法追想那样地老天荒的亘古，我所能揣摩所能爱悦的无非是属于常人的百年快乐。

三

神仙故事里的樵夫偶一驻足观棋，已经柯烂斧锈，沧桑几度。

如果有一天，我因好奇而在山林深处看棋，仁慈的神仙，请尽快告诉我真相。我不要偷来的仙家日月，我不要在一袖手之际误却人间的生老病死，错过半生的悲喜怨怒。人间的紧锣密鼓中，我虽然只有小小的戏份，但我是不肯错过的啊！

四

书上说，有一颗星，叫岁星，十二年循环一次。“岁星”使人有强烈的时间观念，所以一年叫“一岁”。这种说法，据说发生在远古的夏朝。

“年”是周朝人用的，甲骨文上的年字写成，代表人扛着禾捆，看来简直是一幅温暖的“冬藏图”。

有些字，看久了会令人渴望到心口发疼发紧的程度。当年，想必有一快乐的农人在北风里背着满肩禾捆回家，那景象深深感动了造字人，竟不知不觉用这幅画来做三百六十五天的重点勾勒。

五

有一次，和一位老太太用闽南语搭讪：“阿婆，你在这里住多久了？”

“嗯——有十几冬啰！”

听到有人用冬来代年，不觉一惊，立刻仿佛有什么东西又隐隐痛了起来。原来一句话里竟有那么丰富饱胀的东西。记得她说“冬”的时候，表情里有沧桑也有感恩，而且那样自然地把春耕夏耘秋收冬藏的农业情感都灌注在里面了。她和土地、时序之间那种血脉相连的真切，使我不知哪里有一个伤口轻痛起来。

六

朋友要带他新婚的妻子从香港到台湾来过年，长途电话里我大概有点惊奇，他立刻解释说："因为她想去台北放鞭炮，在香港不准。"

放下电话，我又想笑又端肃，第一次觉得放炮是件了不起的大事，于是把儿子叫来说："去买一串不长不短的炮——有位阿姨要从香港到台湾来放炮。"

岁除之夜，满城爆裂小小的、微红的、有声的春花，其中一串自我们手中绽放。

七

我买了一座小小的山屋，只三十三平方米大。屋与大屯山相望，我喜欢大屯山，"大屯"是卦名，那山也真的跟卦象一样神秘幽邃，爻爻都在演化，它应该足以胜任"市山"的。

走在处处地热的大屯山系里，每一步都仿佛踩在北方人烧好的土炕上，温暖而又安详。

下决心付小屋的订金，说来是因屋外田埂上的牛以及牛背上的黄头鹭。这理由，自己听来也觉像撒谎，直到有一天听楚戈说某书法家买房子是因为看到烟岚，才觉得气壮一点。

我已经辛苦了一年，我要到山里去过几个冬夜，那里有豪奢的安静和孤绝。我要生一盆火，烤几枚干果，燃一屋松脂的清香。

八

你问我今年过年要做什么，你问得太奢侈啊！这世间原没有什么东西是我绝对可以拥有的，不过随缘罢了。如果蒙天之惠，我只要许一个小小的愿望，我要在有生之年，年年去买一钵素水仙，养在小小的白石之间。

中国水仙和自盼自顾的希腊孤芳不同，它是温驯的，偎人的，开在中国人一片红灿的年景里。

九

除了水仙，我还有一件俗之又俗的心愿，我喜欢遵遁着老家的旧俗，在年初一的早晨吃一顿素饺子。

素饺子的馅以荠菜为主，我爱荠菜的"野蔬"身份，爱小时候提篮去挑野菜的情趣，爱以素食为一年第一顿餐点的小小善心，爱民谚里的"三月三，荠菜花，赛牡丹"的憨狂口气。

荠菜花花瓣小如米粒，粉白，不仔细看根本不容易发现，到了老百姓嘴里居然一口咬定荠菜花赛过牡丹。中国民间向来总有用不完的充沛自信，李凤姐必然艳过后宫佳丽，一碟名叫"红嘴绿鹦哥"的炒菠菜会是皇帝思之不舍的美味。郊原上的荠菜花绝胜宫中肥硕痴笨的各种牡丹。

吃荠菜饺子，淡淡的香气之余，总有颊齿以外嚼之不尽的清馨。

十

如果一个人爱上时间，他是在恋爱了。恋人会永不厌烦地渴望共花之晨，共月之夕，共其年年岁岁，岁岁年年。

如果你爱上的是一个民族，一块土地，也趁着岁月未晚，来与之共其朝朝暮暮吧!

所谓百年,不过是一千两百番的盈月、三万六千五百回的破晓以及八次的岁星周期罢了。

所谓百年,竟是禁不起蹉跎和迟疑的啊,且来共此山河守此岁月吧!大年夜的孩子,只守一夕华丽的光阴,而我们所守的却是短如一生又复长如一生的年年岁岁岁岁年年啊!